LA CUSTODIE FRANCISCAINE

DE

TERRE-SAINTE

LA
CUSTODIE FRANCISCAINE

DE

TERRE-SAINTE

RAPPORT

RÉDIGÉ PAR

LE R. P. MARIE-LÉON PATREM

Missionnaire Apostolique, Discret français de Terre-Sainte

ET LU A L'ASSEMBLÉE GÉNÉRALE DES ŒUVRES CATHOLIQUES

LE 16 MAI 1879

PARIS

IMPRIMERIE-LIBRAIRIE DE L'ŒUVRE DE SAINT-PAUL

Soussens et Cⁱᵉ, 51, rue de Lille.

1879

LA CUSTODIE FRANCISCAINE

DE

TERRE-SAINTE

MESSIEURS,

Toujours en France les œuvres de Palestine ont éveillé les plus vives sympathies, toujours les intérêts de l'Orient ont rencontré dans notre pays des défenseurs aussi dévoués que généreux et désintéressés, toujours les noms de Jérusalem, de Bethléem et de Nazareth ont trouvé écho dans le cœur des Français.

Au lieu de nous arrêter au XIXe siècle, si nous parcourons les pages plus anciennes de l'histoire ecclésiastique, nous trouvons encore que les Croisades furent inspirées par un Français. La première fut prêchée en France, fut conduite par un Français, et le royaume latin de Jérusalem fut un royaume français.

Certes, il est beau de voir déjà se manifester, il y a mille ans, l'élan généreux qui pousse le peuple français vers l'Orient ! Plusieurs des royaumes ou des empires qui nous entourent n'existaient même pas alors ! Pourtant nos traditions franco-orientales sont plus anciennes encore, elles remontent à Charlemagne au moins. Cet Empereur avait fait bâtir un hôpital à Jérusalem pour recevoir les pèlerins, et assigné des revenus à cette pieuse fondation (1). L'amour du chef des Carlovingiens pour les Saints-Lieux

---

(1) Nous croyons par trop inutile de rappeler les légendes historiques, d'après lesquelles Clovis aurait conquis la Terre-Sainte, plus tard retombée aux mains des Infidèles, sur qui Charlemagne l'aurait reprise à son tour ; les faits réels et avérés constatant le zèle des Français pour les Lieux-Saints sont suffisamment nombreux.

était même si connu, qu'il reçut d'Aroun-al-Raschyd les clefs de Jérusalem, que celui-ci lui envoyait comme un don de valeur inestimable.

Entrés dans Jérusalem en 1099, les Croisés durent quitter cette ville en 1187 ; ils la reprennent en 1240, mais les kharesniens, venus au secours des musulmans, s'en emparent bientôt et la saccagent en 1245.

Une dernière forteresse, un dernier boulevard restait aux Croisés : Saint-Jean d'Acre et son territoire ; mais en 1291 ils en sont chassés complétement.

Il y avait eu pendant près de deux siècles un nombreux clergé latin dans la Palestine et dans la Syrie ; la hiérarchie ecclésiastique était établie et les divers Ordres religieux, monastiques ou militaires, avaient multiplié leurs fondations. Or, depuis cette date à jamais lugubre de 1291, tous s'étaient réfugiés en Europe à la suite des Croisés forcés de se retirer. Seuls, les Franciscains étaient restés et avaient comblé les vides que la tyrannie et la cruauté de l'Islam avaient faits dans leurs rangs ; seuls aussi ils sont demeurés jusqu'à ce jour, gardiens fidèles et dévoués jusqu'au sang, jusqu'à la mort, de ces Lieux-Saints que l'Europe chrétienne avait voulu conquérir à l'Église.

Les Franciscains ont donc, dans la mesure du possible, continué l'œuvre des Croisés inspirée par Urbain II, œuvre catholique surtout, et française par excellence.

Je voudrais, Messieurs, dans ce rapport, vous montrer ce qu'a toujours été et ce qu'est encore aujourd'hui la Custodie de Terre-Sainte ; c'est-à-dire sa vie, son zèle et ses œuvres depuis six siècles. Je terminerai en rappelant les anciennes traditions de la France à l'égard des Saints-Lieux, et en signalant les points si dignes à tant de titres d'attirer l'attention des catholiques français.

Les œuvres de notre Custodie de Terre-Sainte sont, malgré leur importance, presque totalement inconnues, lorsqu'elles ne sont pas *méconnues* et parfois étrangement défigurées.

La Custodie a une double raison d'être et poursuit un double but : le premier a pour objet les sanctuaires élevés sur les lieux consacrés par le souvenir des faits évangéliques, dont ils ont été les témoins vénérés ; le deuxième concerne la Mission proprement dite.

On peut, dans notre Mission, considérer, quant aux moyens employés, trois groupes d'œuvres principales :

La Conversion des infidèles et des hétérodoxes ;

Le Ministère paroissial à l'égard des chrétientés déjà formées ;

L'Enseignement de la jeunesse des deux sexes, y compris la charge et le soin des orphelins et des veuves.

La garde des sanctuaires se subdivise à son tour en plusieurs œuvres concourant au même but : tels que l'acquisition longue, laborieuse et successive de ces mêmes sanctuaires ; leur défense, au prix de mille peines, contre les prétentions envahissantes des schismatiques ; leur entretien dans un état en harmonie, quant à la solennité du culte, avec la dignité de ces temples si chers à tous les cœurs chrétiens.

Voilà le but et la raison de notre présence en Orient. Permettez-moi, Messieurs, de vous faire connaître les résultats obtenus jusqu'à ce jour ; je ne tairai pas davantage les échecs que nous avons subis ; mais j'espère que cet exposé sérieux et exact de l'état actuel de la Custodie de Terre-Sainte augmentera la sympathie active et dévouée que vous accordez à toute œuvre bien méritante de notre patrie, la France, et de notre Mère, la sainte Église.

§ I.

Lorsque en 1223, S. François d'Assise obtint du Pape Honorius III la Bulle *Solet annuere,* qui donnait la confirmation apostolique à l'Ordre des Frères Mineurs qu'il avait fondé, la Custodie de Terre-Sainte comptait déjà quatre ans d'existence. S. François était allé à Jérusalem et y avait lui-même déposé en 1219 ce petit grain de sénevé. Or, cette modeste semence devait ne pas tarder à devenir un grand arbre, et je voudrais, Messieurs, vous en faire admirer l'admirable fécondité.

Trois ans après leur arrivée sur ces terres inhospitalières, en 1222, les Franciscains bâtissent une petite résidence près du Cénacle, et ce pauvre réduit constitue tout l'avoir des catholiques en Judée. Mais dans les dix années suivantes, des firmans successifs de Méléalin (Melek-el-Kamel) et de Bibars-ech-Cheryf reconnaissent aux Franciscains des droits positifs sur le Calvaire, le Saint-Sépulcre et d'autres sanctuaires (1).

En 1230, Grégoire IX, par une Bulle expresse, recommande aux Patriarches et aux Évêques d'Orient les Frères Mineurs, *déjà*

---

(1) Nous donnerons plus loin une liste des principaux firmans accordés à la Custodie en faveur des sanctuaires.

gardiens des Sanctuaires, et, depuis lors, les Souverains-Pontifes n'ont cessé de donner des preuves solennelles de leur estime et de leur bienveillance pour les enfants du Pauvre d'Assise et pour leur zèle en Orient. Citer toutes les Bulles des Papes en leur faveur, serait donner à mon rapport un développement fastidieux : bornons-nous à dire que presque tous les Souverains-Pontifes, depuis Grégoire IX jusqu'à Pie IX, de glorieuse et sainte mémoire, en ont publié, et que le seul Bullaire de Terre-Sainte en contient plus de soixante (1).

---

(1) Voici les premiers mots et la date des Bulles ou Brefs principaux, inspirés aux divers Papes par leur zèle pour les Saints-Lieux et pour la Custodie franciscaine.

GRÉGOIRE IX : B. *Si ordinis,* du 1er février 1230 : c'est celle dont nous venons de parler ;

B. *Pro zelo,* du 30 janvier 1231, permettant de réconcilier les schismatiques, etc. ;

B. *Cum messis,* du 17 mai 1238, accordant la permission de communiquer avec les excommuniés, de les absoudre, etc.

INNOCENT IV : B. *Cum hora undecima,* du 21 mars 1245, permettant de communiquer avec les excommuniés, de conférer les ordres mineurs, etc.

ALEXANDRE IV : B. *Ex relatu,* du 29 mars 1257, accordant aux Franciscains de Terre-Sainte les mêmes indulgences qu'aux Croisés ;

B. *Cum hora jam,* du 19 avril 1258, confirmant la Bulle *Cum hora* d'Innocent IV.

CLÉMENT IV : B. *Ad liberationem,* du 28 juillet 1268 : tous les legs pieux de Portugal seront consacrés aux secours de la Terre-Sainte.

CLÉMENT V : B. *Cum hora,* du 25 juillet 1306, concédant aux Franciscains de Terre-Sainte de donner la Confirmation, les ordres mineurs, etc ; ce que Jean XXII confirma le 23 octobre 1322.

JEAN XXII : B. *Cum hora in decima* du 8 août 1325, semblable à la précédente.

CLÉMENT VI : B. *Gratias agimus,* du 21 novembre 1342 (que *Quaresmius* attribue à Clément V), approuvant l'achat des sanctuaires, etc., fait par le roi Robert d'Anjou, et confirmant de nouveau les Frères Mineurs dans la charge de les garder, etc. ;

Mais pourquoi les Souverains-Pontifes ont-ils montré toute cette sollicitude, ont-ils témoigné tant d'intérêt à la Custodie franciscaine de Terre-Sainte ?

C'est, Messieurs, permettez-moi de le dire, c'est que les

	B. *Nuper charissimæ*, permettant à Robert et à Sanche, son épouse, d'envoyer, pour le bien des Franciscains, deux ou trois personnes sûres, chaque fois qu'ils le jugeraient nécessaire.
INNOCENT VI :	B. *Piis fidelium*, du 5 septembre 1356, prépose les Frères Mineurs à la direction d'une hôtellerie, élevée près de notre couvent du Cénacle, et en faveur de laquelle le même Pape avait déjà donné le B. *Benigno sunt*, du 14 octobre 1353 ;
	B. *Ad ea quæ in*, du 9 novembre 1360, approuvant la fondation d'un couvent dans la vallée de Josaphat.
URBAIN V :	B. *Ratio convenit et congruit*, du 8 novembre 1356, confirme la permission accordée aux Frères Mineurs de transporter en Palestine le fer et le bois nécessaires à la construction de leurs demeures, etc.
GRÉGOIRE XI :	B. *Sicut de damnabili*, du 25 novembre 1375, permettant aux Franciscains d'absoudre les renégats, etc. ;
	B. *Inter cunctos*, même date, permettant de bâtir une église et un couvent près de la chapelle de Saint-Nicolas, à Bethléem ;
	B. *De religiosa discretione*, même date, donnant aux Franciscains le droit d'autoriser les chrétiens d'Occident de se fixer en Palestine.
URBAIN VI :	B. *Ad ea quæ piorum*, du 11 juin 1384, permet d'avoir des serviteurs pour le soin des pauvres, des pèlerins, etc.
JEAN XXIII :	B. *Cum à nobis*, du 28 juin 1410, confirme les anciennes concessions du Saint-Siége en faveur des Franciscains de Terre-Sainte.
MARTIN V :	B. *Ad assiduum Christi*, du 25 juin 1420, confirme les Frères Mineurs dans la garde des sanctuaires, et leur permet d'accepter des dons, etc. ;
	B. *Sinceræ devotionis*, du 9 juillet 1420, accorde aux Pères de Terre-Sainte la faculté de célébrer la Messe avant l'aurore ;
	B. *Cum à nobis*, de la même date, confirme toutes les anciennes faveurs accordées par ses prédécesseurs, aux Franciscains de Palestine ;

Franciscains ont répondu à l'attente de l'Église et ne se sont pas montrés au-dessous de la mission qu'elle leur avait confiée.

Personne ne leur avait remis de sanctuaire en Palestine ; il les ont acquis peu à peu, un à un, à force de patience et d'abné-

---

B. *Provenit ex vestræ*, du même jour, leur accorde une indulgence plénière à l'article de la mort, etc. ;

B. *Votis vestri*, du 12 juillet, même année, leur concédant certaines facultés d'absoudre les pèlerins ;

B. *Exigit vestræ*, même date, dans un but semblable ainsi que les Bulles *Votis vestris*, du 19 août 1420 et du 26 août même année, celle-ci concernant les marchands, et celle-là les pèlerins ;

B. *His quæ pro*, du 14 février 1421, pour laquelle le Pape confirme le jugement de Jean, Patriarche de Grade, confiant de nouveau la garde des sanctuaires aux Frères Mineurs, et leur permettant d'avoir des Procureurs Commissaires pour recueillir les aumônes nécessaires à leurs œuvres ;

B. *Salutare studium et sincerus dilectorum*, du même jour, consignant aux Franciscains l'église de Saint-Sauveur de Beyrouth avec ses dépendances ;

B. *Salutare studium et sincerus vestræ*, de la même date, dans le même but ; l'une est adressée au Gardien de Jérusalem, et l'autre aux Évêques de Niconi, de Colocz, etc. ;

B. *Sincertates vestræ*, du 12 mars 1421, permettant aux Mineurs de Terre-Sainte de pouvoir célébrer la Messe deux heures avant l'aurore.

EUGÈNE IV :   B. *Dum onus*, du 11 juillet 1437, constituant le P. Jacques des Primatices, Vicaire Général de l'Ordre pour toutes nos Missions d'Orient ;

B. *Bonus Pastor*, du lendemain de la précédente, accordant de nombreuses facultés relativement à l'administration des sacrements ;

B. *Exultantes*, de la même date, nous permettant de recevoir des biens meubles ou immeubles dont des syndics auraient l'administration ;

B. *Per hæc proxima tempora*, du 16 décembre 1441, chargeant deux Franciscains d'être ses légats en Orient où les Frères Mineurs avaient opéré de nombreuses conversions ;

B. *Sacræ religionis*, du 1ᵉʳ février 1444, accordant

gation, au prix de mille souffrances, de la mort même de beaucoup d'entre eux.

En 1245, plusieurs sont massacrés par les Kharesmiens dans le Saint-Sépulcre et dans le Cénacle.

---

aux Missionnaires Franciscains d'administrer les sacrements, etc. ;

B. *Dum præclara,* du 9 février 1446, sur les rapports des Religieux de Terre-Sainte, etc., avec le Supérieur Général.

Nicolas V : B. *Sinceræ devotionis,* du 27 juillet 1448, donnant au Duc de Bourgogne la permission de faire transporter en Orient tous les matériaux nécessaires pour d'urgentes réparations à faire dans la basilique de Sainte-Hélène ;

B. *Apostolicæ Sedis,* du 10 janvier 1451, permettant à nos ordinands de recevoir tous les ordres mineurs ou majeurs, *extra tempora, ac omnes una die,* etc. ;

B. *Cum a nobis petitur,* du 31 mars 1452, confirmant les privilèges déjà accordés aux Franciscains missionnaires parmi les infidèles ;

B. *Romanus Pontifex,* du 18 avril 1452, attribuant à l'entretien de l'église de Bethléem les revenus encore perçus en Europe au nom de l'Évêque de cette ville ;

B. *Salus Romani Pontificis,* du 14 février 1453.

Callixte III : B. *Apostolicæ Sedis,* du 10 janvier 1455, donne quelques facultés au Custode regardant le for de la conscience ;

B. *Et si, ex debito,* de la même date, en vertu de laquelle les Franciscains peuvent recevoir et bâtir de nouvelles résidences, absoudre des cas ou censures réservés, bénir les vases sacrés ; et le Custode a la faculté d'envoyer des Frères quêteurs en Europe, et d'appeler dans sa Mission des Religieux de n'importe quelle Province de l'Ordre, etc. ;

B. *Cum itaque,* du 10 février ou du 10 janvier 1455, citée mais non transcrite dans le Bullaire de Terre-Sainte ;

B. *Illius cujus in pace,* du 2 février, même année ; bulle *de Concorde,* traitant les rapports des Conventuels avec les Observants ;

B. *Licet pro nostra,* du 11 mai 1455, permettant aux Franciscains de bâtir un couvent sur le mont Sinaï, et confirme toutes les anciennes faveurs, etc. ;

En 1277, d'autres furent tués par les musulmans *(Lettre d'Alexandre IV aux Frères Mineurs de Syrie).*

En 1263, plusieurs Franciscains tombent sous les coups du cimeterre à Bethléem, à Nazareth et à Arsouf.

B. *Cum te nuper,* du 19 décembre 1455, accordant des privilèges au Custode, etc. ;

B. *Devotionis vestræ,* du 2 avril 1457. Cette bulle a accordé aux Franciscains de pouvoir se confesser à un prêtre étranger, à défaut d'un prêtre de leur Ordre, et au Custode la faculté de permettre aux prêtres pèlerins de confesser en Orient, et de célébrer la Messe depuis minuit jusqu'à l'heure de None, etc., etc.

Sixte IV : B. *Suscepti cura,* du 12 février 1475, ordonnant au Supérieur *(pro tempore)* de l'Observance en Italie d'envoyer un de ses Religieux en qualité de Nonce apostolique auprès des Maronites, avec de très-amples facultés ;

B. *Missuri,* du 5 octobre 1475, ordonnant au Supérieur de l'Observance d'envoyer quelques Religieux dans le Liban, pour l'instruction des Maronites.

Alexandre VI : B. *Cum sicut accepimus,* du 13 août 1496, permettant de transporter dans les pays infidèles le bois et le fer qui leur seraient nécessaires.

Clément VII : B. accordant aux Pères de Terre-Sainte, à la demande des Commissaires genéraux de la Famille et de la Curie, le 1er octobre 1525 : 1º la confirmation de toutes les anciennes faveurs ; 2º le droit du Custode à conférer l'Ordre de Chevalier du Saint-Sépulcre ; 3º la faculté d'absoudre les pèlerins *ab omnibus reservatis,* etc...; 5º la permission d'assister aux Offices des schismatiques sans encourir les censures, etc....

Pie IV : B. *Divina disponente clementia,* du 17 juillet 1561, transférant les indulgences du Cénacle à notre église de Saint-Sauveur.

Grégoire XIII : B. *Cum sicut,* du 8 mars 1585, concédant aux Franciscains de Jérusalem une église et un couvent à Constantinople.

Sixte V : B. *Piis fidelium votis,* du 9 avril 1588, confirme les anciens privilèges non contraires au Concile de Trente, et accorde de nouvelles indulgences ;

B. *Votis ex quibus,* du 19 avril, même année, confirmant

En 1266, le F. Jacques du Puy en Velay et Jérémie de Lecce sont écorchés vifs par les sectateurs de Mahomet, flagellés et enfin décapités.

En 1268, nos couvents de la Montagne-Noire, d'Antioche et de

---

les anciens privilèges et en accordant de nouveaux, ainsi que de nouvelles indulgences, etc.

GRÉGOIRE XV : B. *Alias a felicis,* du 18 novembre 1622, confirmant d'autres bulles de Sixte V et de Paul V, défendant sous peine d'excommunication de détourner les aumônes destinées à la Mission des Franciscains de Terre-Sainte.

URBAIN VIII : B. *Ut dilecti Filii,* du 21 avril 1632, dispensant le Custode du précepte de notre Règle de ne pas toucher l'argent, et l'autorisant à permettre à ses sujets de s'en servir aussi ;

B. *Alias a felicis,* du 17 juin 1644, excommuniant tous ceux qui arrêtent ou détournent les aumônes envoyées aux Franciscains de Terre-Sainte, et ordonnant *sub gravi* à tous les prélats ecclésiastiques de recommander trois fois par an, à leurs diocésains, la quête en faveur des Saints-Lieux.

INNOCENT X : B. *Salvatoris et Domini,* du 19 septembre 1643, Bulle semblable à la précédente.

B. *Cum sicut dilecti,* du 23 septembre 1655, permettant aux Commissaires de Terre-Sainte de garder une clef de la caisse contenant les aumônes déposées entre les mains du syndic.

ALEXANDRE VII : B. *Piis Christi fidelium,* du 3 août 1655, confirmant tout ce que ses prédécesseurs ont fait en faveur du Custode, de ses Religieux et des Saints-Lieux.

CLÉMENT X : B. *Cum sicut dilectus,* du 7 juillet 1670, permet aux Franciscains de Terre-Sainte d'exercer la médecine.

INNOCENT XI : B. *Ad Augendam*, du 30 septembre 1681, accorde une nouvelle indulgence à ceux qui visitent le Saint-Sépulcre ;

B. *Piis Christifidelium votis,* du 22 juin 1684, renouvelant la Bulle d'Alexandre VII, du 3 août 1655 ;

B. *Exponi nobis,* du 30 avril 1686, confirmant les Observants dans le glorieux office de gardiens des Saints-Lieux.

ALEXANDRE VIII : B. *Ex injuncto nobis,* du 10 novembre 1690, renouvelant la Bulle *Alias* d'Urbain VIII ;

Tripoli sont détruits et tous les Religieux qui s'y trouvaient, mis à mort.

En 1287, sept Franciscains sont martyrisés par Melek-Mansour.

B. *Alias emanavit*, en 1690, prescrivant encore des quêtes annuelles dans tous les diocèses.

INNOCENT XII : B. *Alias a felicis*, du 5 décembre 1696, accordant aux Religieux de Terre-Sainte les mêmes facultés qu'aux autres Religieux de l'Ordre.

INNOCENT XIII : B. *Piis Christi fidelium votis*, du 6 juin 1721, renouvelant tous les anciens privilèges;

B. *Cum ad infrascriptam*, du 13 septembre 1721, autorisant de nouveau le Custode à conférer le sacrement de la Confirmation;

B. *Salvatoris et Domini*, du 12 novembre 1721, confirmant la Bulle *Alias* d'Urbain VIII, etc.

BENOIT XIII : B. *Loca sancta*, mars 1727, confirmant toutes les Bulles précédentes et partant les privilèges et les indulgences qu'elles accordaient aux Frères Mineurs et aux Saints-Lieux ;

B. *Salvatoris*, du 29 novembre 1721, renouvelant la Bulle d'Urbain VIII, *Alias*, prescrivant à tous les prélats, évêques, ou supérieurs d'Ordres religieux de faire faire dans leurs églises, pour les Sts-Lieux, au moins deux quêtes, l'une durant l'Avent, l'autre durant le Carême, et prescrivant aux évêques de faire dans leur visito *ad limina*, un rapport sur le résultat de cette quête.

CLÉMENT XII : B. *Salvatoris*, du 12 septembre 1731, confirme la Bulle *Alias* d'Urbain VIII, etc., enjoignant à tous les prélats et aux prédicateurs d'exposer deux fois par an aux fidèles les besoins des Saints-Lieux;

B. *Exponi nobis*, du 13 février 1734, permettant à notre Ministre Général de député quelques Religieux pour quêter en faveur de la Terre-Sainte.

BENOIT XIV : B. *Emanarunt*, du 20 août 1743, confirme les Bulles *Alias* d'Urbain VIII et *Salvatoris*, de Benoît XIII, etc. ;

B. *Cum ad infrascriptum*, du 9 janvier 1740, permettant de nouveau à notre Custode de donner le sacrement de Confirmation ;

B. *In supremo*, du 7 janvier 1746, promulguant des statuts compilés par le P. Raphaël de Lugagnano, pour le gouvernement de la Custodie;

En 1289, nous trouvons trois autres martyrs dont l'un est Français, le F. Philippe du Puy.

En 1290, deux Franciscains subissent à Gaza le dernier supplice pour leur fidélité à la foi catholique, et un autre à Damiette.

                                                       B. *Exponi nobis*, du 7 février 1746, modifiant quelques points de la précédente.

Clément XIII : B. *Dilectus filius*, du 4 août 1759, donnant des éloges à Marie-Thérèse pour la protection qu'elle nous avait accordée contre les persécutions des Grecs ; c'est ainsi que Clément XI avait adressé la B. *Deesse non patimur*, du 11 juillet 1730, au comte de Virmont, ambassadeur de l'empereur d'Allemagne à Constantinople, qui avait obtenu un firman en notre faveur ;

B. *Salvatoris*, du 9 mai 1761, ordonne encore à tous les patriarches, archevêques, évêques, à tous les supérieurs d'Ordres, Congrégations ou Instituts religieux, de recommander au moins deux fois par an aux fidèles les besoins des Lieux-Saints, faire faire la quête pour aider la Custodie, ajoutant que dans leur visite *ad limina*, les Ordinaires devront dire quel concours ils auront apporté à l'exécution de ces ordres et des Bulles données dans le même sens par Urbain VIII, Innocent X, Clément V, Innocent XI, Alexandre VIII, Innocent XII, Clément XI, Innocent XIII, Benoît XIII, Clément XII et Benoît XIV ;

B. *Religionis zelus*, du 15 septembre 1762, accordant de nouveau au Custode la faculté de conférer le sacrement de Confirmation.

Clément XIV : B. *Salvatoris et Domini*, du 12 juillet 1779, renouvelle et confirme les Bulles *Alias* d'Urbain VIII, etc.

Pie VI : B. *Inter cœtera*, du 31 juillet 1779, confirmant les Bulles de ses prédécesseurs, au sujet des aumônes ou quêtes pour la Terre-Sainte ;

B. *Iterum ad vos*, du 20 octobre 1783, nommant Visiteur apostolique des Maronites un ancien missionnaire de Terre-Sainte consacré évêque, pour rétablir la paix dans le clergé ;

B. *Inter multiplices*, du 27 novembre 1787, Bulle très-remarquable, modifiant le système d'administration de la Custodie.

Grégoire XVI : B. *In supremo episcopatus*, du 23 mars 1841, limitant les juridictions respectives des Vicaires apostoliques

En 1291, cinquante-deux Frères Mineurs sont immolés à Saint-Jean d'Acre.

Je pourrais continuer cette énumération jusqu'en 1860, où huit de nos Pères furent massacrés à Damas (1).

Malgré ces persécutions presque continuelles, les Franciscains accomplissent leur difficile mission d'acquérir et de garder les sanctuaires de Palestine. Ils obtiennent en 1245 un firman de Salah-ed-dyn confirmant les titres de propriété qu'ils avaient déjà acquis sur le Saint-Sépulcre et le Saint-Cénacle. En 1271, ils obtiennent la permission de réparer l'église de Bethléem. Désireux de faciliter aux pèlerins le voyage aux Saints-Lieux, ils acceptent dans ce but à Ramleh une maison pour recevoir les chrétiens que leur piété conduit en Palestine.

Au XIVe siècle, notre Mission se développe et se consolide par les soins d'un Religieux français, le P. Roger Guérin, de notre

---

et du Custode, et prescrivant aux Franciscains d'avoir toujours à Jérusalem douze Pénitenciers, à l'instar des basiliques romaines, et étend à six ans la durée des charges dans la Custodie, et, pour le reste, confirme la Bulle *In supremo* de Benoît XIV.

Pie IX : Bulle rétablissant le patriarcat latin ;

B. *Romani Pontifices,* du 18 août 1846, renouvelle les Bulles *In supremo* de Benoît XIV et de Grégoire XVI, et ordonne d'établir des écoles primaires, là où il n'y en aurait pas.

(1) Le R. P. Aréso, restaurateur de l'Observance en France, dont le petit ouvrage intitulé *Les Lieux-Saints,* a été fait avec tout le soin désirable et après de minutieuses recherches, porte à près de 2,000 le nombre de ces courageux Missionnaires qui ont perdu la vie sous les coups des musulmans ; il convient d'ajouter à ce chiffre le nom des Franciscains, qui, martyrs de la charité, sont morts au service des pestiférés. Voici les paroles de ce docte et pieux auteur qui fut près de six ans Commissaire Général de Terre-Sainte en France : « L'an 1834, dans le seul couvent de Saint-Sauveur de Jérusalem, dix-neuf Religieux périrent de la peste. D'après un calcul approximatif et sérieux, il résulte que, dans l'espace de six siècles, 6,640 Religieux sont morts de cette horrible maladie ; et, si l'on ajoute à ce chiffre ceux qui ont été sacrifiés par la rage des Ottomans, le nombre s'élève à plus de 8,000. Quelle insurmontable entrave aux progrès des saintes Missions ! Pour la vaincre, combien ne faut-il pas de courage et de patience ! Au lieu d'en être surpris, admirons et louons la force et le pouvoir du Tout-Puissant dans la constance inébranlable de ses serviteurs ! »

Province d'Aquitaine, qui obtint du Soudan d'Égypte la régularisation de nos titres de propriété et la cession de quelques autres sanctuaires. Le roi de France (1) et celui de Naples s'entendent à ce sujet avec le souverain maure, de sorte que notre position en Palestine devint dès lors une affaire internationale que le Pape Clément VI confirma dix ans plus tard, en 1342.

Je rencontre vers cette époque un fait qui pourra vous donner, Messieurs, une idée des difficultés contre lesquelles il a fallu lutter. En 1365, Pierre de Lusignan et le Grand-Maître de Rhodes mettent

---

(1) La part que le roi de Sicile, Robert d'Anjou, et la reine Sanche sa femme ont eue dans cette affaire est relatée dans deux des Bulles qui précèdent. Il n'en est pas de même de ce qu'a opéré dans le même but le roi de France : nous n'avons vu aucun chroniqueur de Terre-Sainte y faire allusion. Dupeyrat en parle dans son histoire ecclésiastique ou *Recherches sur l'antiquité des Chapelles de nos Rois,* et voici ce qu'il en dit en passant à ce sujet, au chap. XXXIV, page 668 de son livre : « Le roi Louis le Hutin établit une chambre aux Palmiers et Croisez, en l'église et monastère des Frères Mineurs à Paris, vulgairement appelés Cordeliers, basty par S. Louis environ l'an de nostre salut 1233 et 34. En cette chambre s'assemblaient à certains jours de la semaine les Palmiers et Croisez, pour adviser entre eux de leur pèlerinage, auxquels jours, ils assistaient au service divin célébré par lesdits Religieux, *lesquels,* quelque temps après, à savoir *l'an 1336, eurent la garde du Saint-Sépulchre de Jérusalem et lieux de dévotion de la Terre-Sainte à la requeste du Roy de France, Philippe de Valois, VII*e *du nom,* lequel obtint du Soudan de Babylone, là régnant, permission pour tenir au Saint-Sépulchre un nombre de Cordeliers qu'on y envoyait de trois en trois ans, et le Gardien desquels a le mesme pouvoir qu'avaient jadis les Patriarches de cette sainte Cité, de porter crosse et mitre, absoudre des péchés réservés au Saint-Siège, et de donner l'Ordre aux Chevaliers du Saint-Sépulcre : environ lequel temps de l'an 1336, huict bourgeois de Paris, voyagers du Saint-Sépulchre, avec d'autres bourgeois meus de dévotion, empeschez d'entreprendre ce voyage, établirent au monastère des Cordeliers de Paris, la Société et Confrérie par eux nommée du Saint-Sépulchre de Jérusalem. » (V. JACQUES DU BREUIL, au *Théâtre des Antiquités de Paris,* fol. 528, 529 et 550.)

Nous n'avons point fait les recherches historiques nécessaires pour élucider ce point d'histoire. Toujours est-il que le Custode qui traita de la cession des sanctuaires était un Français, comme le roi ou les rois qui ont sanctionné l'arrangement du P. Guérin, et payé le prix des lieux consacrés par les mystères de la Rédemption ; Robert d'Anjou, quoique roi de Sicile, n'était pas moins Français que Philippe VI qui descendait comme lui de Louis VIII.

à sac la ville d'Alexandrie. Les musulmans, ne pouvant user de représailles contre leurs ennemis, se vengent sur les Frères Mineurs, si inoffensifs pourtant, et les vingt-huit Franciscains qui se trouvaient en Palestine sont plongés dans d'affreux cachots ; plus de la moitié moururent dans les fers, et les autres ne sentirent leurs chaînes se briser que le jour où le tyran les fit mettre à mort après trois ans de tortures.

D'autres Franciscains accourent d'Europe pour remplacer leurs martyrs, mais les Géorgiens se sont emparés du Calvaire, les Arméniens du Saint-Sépulcre, et un derviche musulman du tombeau de la Sainte-Vierge. Sur ces entrefaites, quatre des leurs sont encore appelés à cueillir la palme du martyre. Ils ont perdu le fruit des travaux de plus d'un siècle ! Mais leur courage est immense comme leur tâche et ils la mèneront à bonne fin.

Ils reprennent possession du Cénacle, et, bientôt après, le P. Gérard Chauvet, d'Aquitaine comme le P. Guérin, recouvre les sanctuaires de la Vallée de Josaphat. C'est ainsi que finit le XIVe siècle. Le XVe s'ouvrit par le massacre de tous les Franciscains de Chypre (1400), c'était la seconde fois en quarante ans, et ce fait se renouvela, entre autres fois, en 1405, en 1418, en 1425 et en 1571.

J'ai parlé aussi de l'emprisonnement de tous les Religieux Franciscains en Palestine et en Galilée, l'an 1365. Ce ne fut point là, Messieurs, un fait isolé. En 1441, tous nos Frères de Jérusalem, de Bethléem, etc., furent mis en prison et massacrés ensuite. En 1517, le Sultan Sélim s'empare de Jérusalem et emprisonne tous les Franciscains de cette ville dans la tour de David : il les délivra au bout de vingt-sept mois, mais plusieurs étaient morts !

En 1537, tous ceux qui les avaient remplacés dans les couvents de Judée furent plongés dans d'affreux cachots, où le Custode de Terre-Sainte mourut avec huit de ses Frères; les autres furent délivrés par l'intervention du roi de France, après trente-huit mois de prison ! Il serait trop long de retracer tous les faits de ce genre ; je me bornerai à rappeler qu'à la fin du dernier siècle, au moment de l'invasion de la Syrie par les armées françaises, nos couvents furent assaillis : les Religieux furent aussi emprisonnés, et quelques-uns massacrés.

La prison et même la mort étaient donc toujours, comme l'épée de Damoclès, suspendues menaçantes sur la tête de nos Religieux, et que fallait-il pour briser le fil qui retenait cette menace continuelle? Un rien : la vénalité d'un Turc; moins que rien : le caprice d'un Iman ou d'un Pacha!

C'est qu'alors il n'y avait pas de télégraphe pouvant prévenir le gouvernement protecteur aussitôt que de semblables atrocités seraient perpétrées.

C'est qu'alors il n'y avait pas de consuls à Jérusalem ; c'est qu'alors aussi chaque pacha était un sultan au petit pied, n'ayant que de rares relations avec le Grand Seigneur, et ne tenant que fort peu compte des ordres donnés par le Sultan, pour peu qu'ils ne cadrassent pas avec sa manière de voir. Ainsi, en 1699, le gouverneur de Jérusalem chassa de cette ville Sébastien Brimond que Louis XIV y envoyait comme consul et qui avait reçu l'*exequatur* du Sultan. Maintenant même, Messieurs, il ne faudrait pas croire que les provinces éloignées, que la Syrie, que la Palestine participent à ces lois de tolérance et de liberté dont on fait parade à Constantinople. Il y a, en effet, un vernis de civilisation qui, à Stamboul, en impose à tous les Européens à ce point que tel ou tel ambassadeur a refusé de croire au rapport de ses consuls de Syrie ! Ainsi, l'entrée des mosquées, par exemple, a été décrétée libre à tout le monde ; or, tous les pèlerins de Jérusalem se rappelleront que naguère encore chaque visite à la mosquée d'Omar coûtait vingt francs ; aujourd'hui les Imans se contentent d'un peu moins. A Hébron, à Alep, à Damas, il est impossible de pénétrer dans les mosquées.

Maintenant encore la justice est complètement vénale, et aucun argument n'est probant, auprès des membres d'un tribunal de Syrie, comme une bourse renfermant deux ou trois cents napoléons ; cette *preuve de droit,* qui est habituellement péremptoire, n'est pas une de nos moindres peines.

Ces persécutions, ces avanies jointes à la peste qui autrefois sévissait chaque année, ont-elles empêché les Frères Mineurs, venus en Orient pour la garde des sanctuaires, de remplir le mandat qu'ils tenaient de la catholicité ? Non, Messieurs, je le dis hardiment et hautement, non !

Quand S. François est arrivé, il a dressé la tente de ses enfants près des sanctuaires ; mais il n'avait rien pu remettre à leur garde ; on ne lui avait rien confié. Ce sont eux qui, par une patience à l'épreuve de tout et même de la mort, ont obtenu de la bienveillance de quelques sultans, ou racheté à l'aide des deniers que leur envoyait l'Occident, les sanctuaires qu'ils gardent maintenant au nom de l'Église catholique ; or, ces sanctuaires, Messieurs, sont aussi nombreux que précieux ; en voici la nomenclature :

Premièrement, à Jérusalem :

D'abord, dans la basilique de la Résurrection :

L'autel du Crucifiement, et celui de Notre-Dame des Sept-Douleurs, au lieu du *Stabat Mater;*

La chapelle de l'Apparition de Notre-Seigneur à sa sainte Mère;

La chapelle de l'Apparition de Notre-Seigneur à Ste Madeleine;

L'autel de l'Invention de la sainte Croix;

Ces sanctuaires nous ont été plusieurs fois retirés par suite de la vénalité des autorités musulmanes, mais enfin nous avons pu les recouvrer et nous en faire reconnaître jusqu'à ce jour la propriété exclusive.

Enfin la Pierre de l'Onction et l'édicule du Saint-Sépulcre sont actuellement communs aux trois rites latin, grec et arménien.

Le Saint-Sépulcre était à nous, c'est le Custode de Terre-Sainte qui l'avait rebâti en 1555 ; ce sont les Franciscains qui en ont réédifié, en 1720, la grande coupole qui le domine ; mais les Grecs déjà pouvaient y officier après nous. Dans ce siècle seulement les Arméniens, en dépit de l'influence française, ont acquis du Sultan un droit semblable (1).

---

(1) Profitant de l'incendie de 1808, les Grecs ont pu rebâtir le vénérable édicule du Saint-Sépulcre et firent quelques réparations à la grande coupole de la basilique. La reconstruction de la voûte était cependant très-urgente ; mais les Grecs usaient de toute leur influence pour qu'il leur fût permis de la rebâtir à leurs frais, ce qui eut impliqué le droit de propriété. Or, comme à diverses époques et notamment en 1555 et en 1720, cette coupole avait été refaite par les Franciscains, ceux-ci ne voulaient point consentir à cette usurpation des Grecs. Aussi le firman que ces derniers avaient obtenu en 1841, ne put-il être mis à exécution. Dans la revendication de leurs droits, les Pères de Terre-Sainte étaient énergiquement protégés par la France.

Les Grecs demandèrent enfin à transiger, et leur patriarche vint offrir à notre Révérendissime Père Custode de reconstruire la coupole à frais communs ; on aurait passé un acte écrit en vertu duquel la coupole, ses terrasses et ses lampes eussent été communes aussi. Le Révérendissime Père Custode a voulu en référer au Patriarche latin avant d'accepter cette combinaison, la meilleure des solutions que l'on pût espérer, vu les circonstances. Mais Mgr Valerga jugea à propos de refuser. C'est que cet illustre prélat, homme d'initiative, excellent administrateur et bon arabisant, a bien pu bâtir à Jérusalem une magnifique cathédrale, un splendide palais, et à Beitjalla un vaste et beau grand-séminaire ; mais (tout esprit impartial et connaissant l'Orient devra le dire avec nous) Mgr Valerga ne se rendait pas toujours parfaitement compte de l'état des choses et des esprits en ces contrées, le schisme des Arméniens, en 1870, l'a montré, et déjà son refus de s'entendre pour la reconstruction de la coupole en était un autre indice.

Les autres sanctuaires dont nous avons la garde et l'entretien, également dans Jérusalem ou aux environs sont :

La chapelle de la Compassion de la Sainte-Vierge attenante au

---

Pie IX s'offrit, nous a-t-on dit, à subvenir à tous les frais de la nouvelle coupole, mais de nouvelles difficultés surgirent, les Grecs, appuyés par la Russie, s'y opposèrent et obtinrent trop facilement un succès regrettable.

En 1852, le Sultan avait promulgué un firman qui annulait celui de 1841 et réservait à son gouvernement la restauration de l'édifice, mais ce firman n'a pas été mieux exécuté que le précédent.

Mécontents de voir la protection que le gouvernement français, conformément aux capitulations, accordait aux Religieux Franciscains, les Grecs recoururent à l'appui de la Russie ; le Czar, convoitant toujours la possession de la Turquie, fut heureux de saisir cette occasion. Ses prétentions furent repoussées ; la guerre de Crimée s'ensuivit et la Russie fut vaincue. Il semblait donc naturel que le gouvernement moscovite renonçât alors à ses prétentions ; il semblait encore beaucoup plus naturel que la Turquie et la France ne les reconnussent jamais, et ne vinssent les confirmer de quelque façon que ce fût. Pourtant la France et la Turquie se sont unies à la Russie pour reconstruire à frais communs la grande coupole, et lui ont ainsi accordé amicalement et sans raison ce qu'elles lui avaient refusé les armes à la main : c'est là, il faut bien le reconnaître, comme une flétrissure infligée par notre diplomatie gouvernementale à l'honneur de notre patrie.

La coupole a donc été refaite, la Russie a supporté un tiers des frais, la France a payé deux tiers, dit-on, celui de la Turquie et celui qu'elle avait promis ; mais les droits des catholiques ont été singulièrement méconnus dans cette reconstruction faite ainsi aux frais de la France. Les Latins en effet ne jouissent en rien de la nouvelle coupole, *tout entière aux mains des schismatiques :* SEULS LES GRECS PÉNÈTRENT SUR LES TERRASSES DE LA CONSTRUCTION, ONT LES CLEFS DE LA GALERIE SUPÉRIEURE, ET SE SERVENT DES NOMBREUSES LAMPES *dont la pose comme l'achat rentrent dans les frais généraux auxquels la France catholique a participé* POUR UN OU DEUX TIERS.

En signalant ces résultats à jamais déplorables, en blâmant le ministère que la France avait alors, ses agents dans le Levant et les autres personnes qu'il employait, nous ne faisons que constater ce fait, que le gouvernement de la France, infidèle à sa mission, a oublié nos traditions nationales, a bénévolement introduit dans la question des Lieux-Saints la Russie qui n'avait aucun droit légal à y prendre part, et, qui plus est, a méconnu totalement les droits des catholiques, droits imprescriptibles reconnus par la Porte et jusqu'alors appuyés par tous les gouvernements français.

Calvaire. Cette chapelle avait été donnée jadis par un Pape (1) au roi de France ; mais elle fut prise et profanée par les infidèles, et ce n'est qu'en 1637 que nous pûmes la racheter de leurs mains sacrilèges.

La Grotte de l'Agonie, où chaque jour la sainte Messe est célébrée ; ce sanctuaire fut acquis par les Franciscains en 1367.

Le Jardin de Gethsémani ne put être acheté qu'en 1681, et nous n'avons pu obtenir la permission de l'entourer de murs qu'en 1846.

L'église de la Flagellation, bâtie en 1838, sur les ruines de l'ancien sanctuaire, acquises en 1835. Nous aurions voulu établir là une petite résidence : le Pape nous le permit ; cependant la chose ne nous fut pas possible et je dois dire que les difficultés ne vinrent pas des schismatiques, ni des Turcs cette fois.

A Béthanie, nous avons acquis depuis plusieurs siècles le tombeau de Lazare et, plus récemment, la maison de Ste Marthe.

Le lieu de l'Ascension de Notre-Seigneur ayant été converti en mosquée lors de la prise de Jérusalem par les Arabes, nous n'avons jamais pu obtenir autre chose que la permission d'y célébrer la sainte Messe, et cette permission n'est évidemment pas gratuite.

A Bethléem, nous possédons la Grotte de la Nativité et dans cette grotte le lieu de la Sainte-Crèche, l'autel de l'Adoration des Rois Mages, et l'étoile placée à l'endroit où est né Notre-Seigneur. L'autel élevé au-dessus de cette étoile appartient aux Grecs. Les autres cryptes de Saint-Joseph, de Saint-Jérôme, de Saint-Paul et de Saint-Eusèbe, voisines de celle de la Nativité, nous appartiennent exclusivement, ainsi que celle connue sous le nom de Grotte du Lait.

A Saint-Jean-in-Montana nous gardons, au nom des catholiques, le sanctuaire élevé à l'endroit de la naissance du Précurseur, et depuis 1679 une autre chapelle bâtie au lieu de la Visitation, là où retentirent pour la première fois les sublimes accents du *Magnificat*.

A Emmaüs, nous avons encore une chapelle et une résidence bâties tout près des ruines de l'ancienne église, que la tradition la plus constante indique comme le lieu de la fraction du pain.

En Galilée, les Franciscains ont aussi la garde de sanctuaires bien précieux. Et d'abord celui de l'Annonciation. Là une église s'élève sur l'emplacement de la maison de la Très-Sainte Vierge et renferme une crypte qui faisait partie de la demeure bénie de la sainte Famille.

---

(1) Grégoire XI, *Bulle du 7 Kalendes de décembre de l'an 5 de son pontificat* (Dupeyrat *loc, cit.*)

Les Franciscains de Nazareth furent emprisonnés avec leurs frères de Judée en 1365. Établis de nouveau dans la pauvre bourgade dès 1370, ils ne purent relever les ruines de leur couvent et du sanctuaire qu'en 1468. Ils y restèrent à peine un siècle. Les musulmans tuèrent tous nos Religieux de Nazareth en 1542 et pendant quatre-vingts ans il nous fut impossible de recouvrer ni le couvent ni le sanctuaire. Ce ne fut qu'en 1620 que le P. Jacques de Vendôme, lié avec Fakher-ed-dyn, obtint de cet émir druse la permission de relever les ruines de l'église de l'Incarnation.

Nous avons encore, dans cette même ville, la chapelle élevée au lieu indiqué par la tradition comme l'atelier de S. Joseph, et celle qui est connue sous le nom de *Mensa Christi*.

Nous avions autrefois l'église de la synagogue où Notre-Seigneur avait enseigné; mais comme nous avions converti à Nazareth 221 Grecs schismatiques avec leurs prêtres, nous leur avons, de l'avis de la Cour romaine, remis ce sanctuaire qui leur sert d'église paroissiale.

A Saffet, la petite chapelle sur l'emplacement de la maison de Zébédée fut bâtie en 1766; à Cana, nous possédons aussi depuis des siècles l'emplacement du sanctuaire où Notre-Seigneur opéra son premier miracle.

A Saphourieh, l'église bâtie sur l'emplacement de la maison de S. Joachim et de Ste Anne (1).

A Tibériade, nous avons une église qu'on croit bâtie par les Croisés sur le lieu où Notre-Seigneur établit S. Pierre prince des Apôtres.

Enfin, sur le mont Thabor, nos Pères obtinrent de l'émir Fakher-ed-dyn la crête de la montagne et les ruines des anciennes églises. Deux ont été découvertes et se relèvent rapidement : celle du lieu où Notre-Seigneur apparut rayonnant de gloire à ses apôtres Pierre, Jacques et Jean, et l'autre, dite de Moïse, élevée par Ste Hélène, en l'honneur du saint législateur des Juifs conversant en ce lieu même avec le Sauveur transfiguré.

Voilà, Messieurs, la liste à peu près complète des sanctuaires que nous desservons au nom du catholicisme; vous voyez combien ils sont nombreux et précieux, surtout au cœur du chrétien.

J'ai dit, Messieurs, que je ne tairais pas les échecs que nous avons subis; c'est qu'en effet il est certains sanctuaires que nous avons pu

---

(1) La propriété de ces sanctuaires qui nous avait été contestée récemment, vient d'être solennellement reconnue par le gouvernement ottoman.

acquérir jadis, Dieu seul sait à quel prix ! et que nous avons perdus depuis. Je vais donc, Messieurs, les énumérer en indiquant les circonstances de ces pertes.

Au village de Keriet-el-Eneb, plus connu aujourd'hui sous le nom de Abou-Gosch, on voit encore les ruines d'une église élevée par les Croisés en l'honneur du prophète Jérémie, au lieu présumé de sa naissance. En 1392, le P. Gérard d'Aquitaine avait pu l'acquérir ; nos Pères y ont vécu près de cent ans ; mais en 1489 les Arabes pénétrèrent de nuit dans le petit couvent et en massacrèrent tous les Religieux réunis alors pour le chant des matines. -

Depuis lors, le gouvernement ottoman avait gardé jusqu'à ces derniers temps ces ruines, propriété légitime des Franciscains. Serait-ce par le sentiment d'un juste scrupule que la Sublime Porte a donné à la France (1) depuis deux ou trois ans ces restes d'un couvent dont des assassins avaient dépouillé les Pères de Terre-Sainte ?

A Jérusalem, nos Pères avaient acquis le Saint-Cénacle dès les premières années de leur séjour en Orient.

Tous les Franciscains avaient été massacrés, en 1245, et à trois reprises différentes ; ceux qui les avaient remplacés en Judée avaient dû passer, à cause de leur foi, de longues années dans les prisons de Jérusalem ou même de Damas. Lorsqu'ils rentrèrent, leur œuvre était dans une bien triste situation. Néanmoins ils parvinrent peu à peu à acquérir de nouveau ce qui leur avait été enlevé durant leur exil et leur captivité. Chaque fois ils avaient pu notamment recouvrer le Cénacle. Toutefois les musulmans, qui vénèrent malheureusement, à l'endroit du Cénacle, le tombeau de David, voyaient avec peine ce sanctuaire entre nos mains : ils nous l'enlèvent donc une première fois en 1421 ; cependant ils le rendent, ou plutôt, le revendent bientôt après ; mais hélas ! ce fut pour le reprendre partiellement en 1519 et complètement en 1551. Les Franciscains avaient desservi ce sanctuaire durant deux cent vingt-neuf ans, en butte, surtout durant les trente dernières années, à des vexations et à des avanies de tous les instants.

L'ordre du Sultan qui consommait cette affreuse spoliation décrétait que le Cénacle serait désormais une mosquée.

***

(1) Il est à croire que le gouvernement français ignore la manière barbare dont les Franciscains ont été dépouillés de cette église et de ses dépendances ; car déjà il l'aurait bien certainement consignée à ses propriétaires légitimes, dont il est, du reste, le zélé protecteur.

Ni l'influence de François Ier, ni les prières du Doge de Venise, ni l'intervention du Pape ne purent faire rendre au culte la Salle auguste où Notre-Seigneur a institué ce divin Sacrement, source intarissable de l'esprit de foi, de l'abnégation et du courage qui doivent toujours accompagner le Missionnaire.

Une occasion sans pareille se présentait en 1856, après nos victoires de Crimée (1); mais on a négligé d'en profiter! Cependant, comme nous voyons de nos jours que les événements vont plus vite encore que les morts de la Ballade Allemande, nous pouvons espérer qu'une occasion se présentera, sans tarder, tout aussi glorieuse pour la France, et dont l'utilité sera plus grande pour l'Église.

Je ne puis ici m'empêcher de rappeler que de 1551 à 1559, pendant plus de huit ans, les Franciscains, chassés violemment par les Turcs, durent habiter les cavernes qui se trouvaient sur le penchant du mont Sion, et la petite hutte qui leur avait jusque-là servi de four ; mais ils étaient consolés et fortifiés par la pensée que le Calvaire était près d'eux, et que leur Ordre, alors, comme aujourd'hui, le plus nombreux de tous, avait commencé dans la pauvre masure de Rivo-Torto.

Lorsque les musulmans massacrèrent, en 1368, nos Religieux emprisonnés depuis 1365, il y avait peu de temps que nos Pères avaient pu acquérir le tombeau de la Sainte-Vierge, situé, vous le savez, Messieurs, dans la vallée de Josaphat. Or, quand, des couvents de Syrie ou d'Égypte, de nouveaux Missionnaires vinrent prendre leur place de martyrs, ils trouvèrent ce saint tombeau usurpé par un derviche musulman qui ne voulait le rendre à aucun prix, ni même permettre d'y célébrer les saints Mystères; mais en 1392, la

---

(1) La France avait sauvé la Turquie : celle-ci n'aurait donc rien refusé au gouvernement impérial, qui aurait bien dû exiger alors l'accomplissement des capitulations de 1740, et la réintégration des Latins dans les sanctuaires violemment usurpés par les Grecs en 1757; n'aurait-il pas pu et dû, par conséquent, réclamer aussi le Saint-Cénacle que les Turcs de Jérusalem ont pris aux Franciscains, alors que ceux-ci l'avaient habité près de 300 ans, après l'avoir acheté à beaux deniers comptants et avoir bâti eux-mêmes le petit couvent qu'on voit encore auprès du sanctuaire ? Rien de tout cela ne fut demandé, et la Turquie crut avoir fait beaucoup en donnant au gouvernement français l'ancienne église de Sainte-Anne, sanctuaire d'un ordre secondaire, et dont la restauration a coûté plus d'un million de francs au budget national.

Ste Vierge lui apparut et lui ordonna de laisser libre aux chrétiens l'entrée de la chapelle, et le rendit même perclus de ses membres en punition de sa désobéissance. Ce précieux sanctuaire revint donc en notre possession et ce sont nos Religieux qui, en 1577, et plus tard en 1756, en ont réparé les voûtes, renouvelé la porte, et fait même la petite place qui lui sert comme de parvis. Toutefois, entre ces deux dates, se place un fait important : je veux parler d'une accusation que les Grecs lancèrent alors contre nous : elle est si odieusement ridicule que j'oserais à peine y faire allusion, si M. Boré n'eût trouvé bon de la mentionner dans sa *Question des Lieux-Saints.*

Les Grecs donc nous accusèrent d'avoir enlevé le corps de la Ste Vierge, et de l'avoir vendu au Souverain-Pontife. Cela ne vous paraît-il pas invraisemblable ? Et pourtant, Messieurs, malgré son absurdité, cette accusation nous coûta des sommes fabuleuses : « Cette ineptie, dit M. Eugène Boré, cette ineptie qui paraît aujourd'hui à peine croyable, fut pourtant l'objet d'une enquête sérieuse à la suite de laquelle M. l'ambassadeur de la Haye (Denys) obtint (1666) un firman qui relève et blâme la malice et les mensonges des Grecs, et où l'on ordonne que les catholiques rentrent en possession de cette église qu'ils possèdent depuis plus de trois cent soixante ans. »

Après avoir établi notre droit de propriété sur ce sanctuaire, et avant de dire comment nous en avons été dépouillés, passons à Bethléem.

Là aussi nos droits furent très-anciennement reconnus. Nous possédons dans nos archives des firmans du XIIIe siècle même, attestant que le sanctuaire de Bethléem était entre nos mains à cette époque. Les siècles suivants apportent de nouveaux témoignages. En 1478, notre P. Jean de Thomasellis refait la charpente de cette basilique aux frais du duc Philippe de Bourgogne. En 1565, et plus tard encore, nos Pères eurent occasion d'exercer le même droit de propriété (1).

---

(1) Voici, d'après Mgr Antoine de Rignano, Évêque de Potenza (Italie), la liste des firmans dont le texte original se conserve dans nos archives de Jérusalem ou de Constantinople :

1-3. Les trois plus anciens de ces documents sont du sultan d'Égypte, Bibars-ech-Chéryf ; le premier reconnaît aux Franciscains le droit de propriété sur les établissements qu'ils ont fondés dans et hors de Jérusalem ; le second défend aux moines grecs de rester dans les lieux d'habitation des

Contre la mauvaise foi, rien ne saurait prévaloir, et l'astuce ne saurait s'arrêter par crainte du droit ; aussi ne faut-il pas s'étonner si malgré vingt firmans, rendant notre possession du sanctuaire de Bethléem inattaquable, nous voyons, en 1564, les Grecs, ou plutôt les Géorgiens, émettre une première fois leurs prétentions sur le lieu de la Nativité ; elles sont aussitôt jugées sans base ni valeur ; mais le procès recommence jusqu'à cinq fois en peu d'années : les

---

Franciscains ; le troisième confirme le premier et est plus explicite, car, après avoir défendu aux caloyers de molester les Frères Mineurs, il reconnaît à ceux-ci la propriété des sanctuaires, et en particulier du Saint-Sépulcre, etc.

4. En 1233 (631 de l'hégire), le sultan d'Égypte nous concéda un autre firman, dans le même sens que les précédents qu'il ratifiait, mais faisant en outre mention de notre droit de propriété sur le Calvaire.

5. En 1271 (an 669 de l'hégire), nous reçûmes de la même autorité un nouveau firman, nous reconnaissant les maîtres de tous les sanctuaires de la Palestine, y compris le Calvaire, et nous exemptant du tribut.

6-9. Les firmans de 1299 (697 de l'hégire), de 1431 (828 de l'hégire), de 1461 (857 de l'hégire) et de 1483 (879 de l'hégire), sont rédigés dans le même sens.

10. En 1494 (899 de l'hégire), le *Mahkamet* de Jérusalem nous délivra un *hogget (titre de propriété)*, que ratifia le sultan (soudan) d'Égypte Batou-Tous, lequel déclarait, contre les prétentions des Géorgiens, que le mont Calvaire nous appartenait entier depuis un temps immémorial.

11. Le sultan de Constantinople Sélym, après s'être emparé, en 1517 (923 de l'hégire), de Jérusalem, de toute la Syrie et de l'Égypte, reconnut par un autre firman les droits des Franciscains sur les sanctuaires.

Les Grecs voulurent en 1564 nous disputer nos anciens droits sur Bethléem, mais le Mahkamet de Jérusalem nous donna alors (an 972 de l'hégire) un *hogget* que le pacha de Damas confirma, et en vertu duquel « *les trois clefs de l'église et de l'étable de Bethléem devaient*, comme par le passé, *rester entre les mains des Franciscains.* »

12. En 1611 (an de l'hégire 1020), le sultan Ahmet-Khay, après avoir examiné nos *hogget*, ordonne, par un firman de la plus grande importance, que les Franciscains soient respectés dans leurs privilèges, leurs propriétés, et la possession des sanctuaires, et déclare que les Grecs, les Arméniens et les autres nations n'y ont aucun droit, et doivent partout s'abstenir de molester les Frères Mineurs.

13. En 1621 (1030 de l'hégire), semblable firman, délivré après une sérieuse enquête des Mahkamet de Jérusalem.

14. En 1642 (1033 de l'hégire), Osman-Khan confirme les documents précédents, et ajoute que l'inspection des *hogget*, des firmans, etc., démontre

Grecs suscitent une révolte à Constantinople, et néanmoins la justice triomphe et nous donne gain de cause. Dès lors, à chaque changement de sultan, il y a de la part de nos fourbes compétiteurs comme une recrudescence de prétentions, de malice et de supercheries: ils vont, — cela a été reconnu par le gouvernement ottoman, — jusqu'à falsifier des documents publics, jusqu'à produire des firmans apocryphes. C'est ce qui eut lieu notamment en 1630, époque où, grâce

---

évidemment que les Franciscains sont propriétaires de tous les sanctuaires qu'ils ont acquis, ou en les achetant, ou en les recevant à titre gracieux de ceux qui les possédaient.

15. Les Grecs s'étaient emparés du Calvaire, etc., et pour établir, par un fait accompli leurs droits prétendus, y avaient fait quelques changements; mais le sultan Mourad-Khan délivra un *béraat* en notre faveur, par lequel il déclara qu'après une sérieuse enquête faite par les principaux personnages du tribunal musulman, et un examen de nos titres, il résulte que nos Pères sont les vrais propriétaires des sanctuaires et en particulier des quatre arcades du Calvaire en haut et en bas, et que par conséquent il ordonne d'en chasser les Grecs et les Arméniens, et de détruire les ornements, peintures, modifications, qu'ils y avaient abusivement placés.

16. En 1653 (1066 de l'hégire), l'ambassadeur français obtient plusieurs firmans aussi favorables que le précédent.

17. En 1673 (1084 de l'hégire), la France obtient un firman explicatif de l'article 33 de ses nouvelles capitulations avec la Porte, et tout en notre faveur.

18. L'ambassadeur de France obtient aussi en 1697 (1102 de l'hégire), un khat-ech-chéryf du Sultan Sélym, de la plus haute importance dans la *Question des Lieux-Saints*.

Par leurs intrigues, les schismatiques avaient pu faire naître quelques doutes sur nos droits, mais le sultan envoya Aly-Aga à Jérusalem, porteur de firmans adressés aux pacha, cadi, etc., de Jérusalem, pour examiner la question de propriété des différents sanctuaires de Palestine : un jugement solennel eut lieu, qui remit les Franciscains en possession *exclusive de tous* les sanctuaires, défendant aux Grecs, sous des peines très-sévères, d'y célébrer leurs cérémonies. Le firman de 1697 publie et confirme ce jugement.

19. La France renouvelle encore sa capitulation en 1740 (1053 de l'hégire), et à cette occasion obtient un nouveau firman qui explique et détermine la valeur de l'article 33 de ce traité, et confirme notre propriété sur tous les sanctuaires.

20. M. de Vergennes, ambassadeur de France, fait approuver et confirmer le document de 1740 par un khat-ech-chéryf, ordonnant de respecter nos

à l'appui de la Sultane mère, Grecque d'origine, la fraude commençe à triompher, et Amurath IV signe, en 1633, l'ordre d'expulser les Franciscains des sanctuaires qu'il donne aux Grecs.

En 1635 et 1636, un firman réintègre les Franciscains dans leurs droits séculaires ; et, en 1637, ô ironie de la justice turque ! les Grecs l'emportent sur toute la ligne. Chassés du Saint-Sépulcre, du Calvaire, du sanctuaire de la Nativité, du tombeau de la

---

droits sur les sanctuaires qu'il énumère tous, sans exception (1756.— 1169 de l'hégire).

21. En 1757 (an 1170 de l'hégire), le même sultan, Osman-Khan, donna un firman dans lequel, après avoir ordonné l'exécution de celui de l'année précédente, il ajoute que TOUS LES DOCUMENTS PRÉSENTÉS PAR LES GRECS, *à l'appui* de leurs prétentions, SONT FAUX OU DE NULLE VALEUR *comme* EXTORQUÉS *à l'aide de mensonges et de faux rapports ;* il termine en commandant de châtier sévèrement les caloyers Sophronius, Anomie et leur domestique, qui avaient frappé brutalement notre sacristain.

22. Le sultan Sélim, à la demande du marquis de Latour-Maubourg, chargé d'affaires français à Constantinople, donne un khat-ech-chéryf, ordonnant l'expulsion des Grecs du Saint-Sépulcre et autres sanctuaires qu'ils avaient usurpés (1810. — 1225 de l'hégire).

23. En 1811, un firman du même Sultan ordonne la mise à exécution du précédent.

24. Le prince de Joinville vint faire son pèlerinage de Terre-Sainte, renouant ainsi la tradition des princes français, toujours prêts à visiter et à favoriser les Lieux-Saints. Son Altesse Royale apporta un firman qui nous accordait de rouvrir la porte qui conduit de notre église paroissiale, à travers la basilique de Sainte-Hélène, à la Grotte de la Nativité, où nous ne pouvions plus pénétrer que par les grottes souterraines.

25. Le firman de 1852 que nous citons ailleurs.

26. Les firmans donnés pour terminer les affaires de 1869 et 1873 à Bethléem.

Nous ne parlons pas ici de firmans très-nombreux que la Porte nous a accordés pour restaurer ou construire nos couvents, nos écoles et les sanctuaires eux-mêmes : ces firmans très-nombreux, tels que celui de 1719 pour refaire la coupole du Saint-Sépulcre, celui de 1831 pour rebâtir le couvent de Jaffa, celui de 1874 pour bâtir notre maison de Marach, ont été tous ou presque tous donnés par l'entremise des ambassadeurs français, qui parfois les obtinrent facilement, et d'autres fois avec la plus grande difficulté. C'est ainsi qu'il a fallu plus de dix ans, *chose incompréhensible!* afin d'avoir le firman nécessaire pour bâtir notre résidence de Marach, et nous n'avons point parlé de l'église, ce qui aurait rendu la chose plus difficile encore !

Sainte-Vierge, il ne restait aux Frères Mineurs qu'à pleurer auprès de ces sanctuaires qu'ils n'ont plus même le droit de visiter. Chaque fois, en effet, qu'ils veulent aller au lieu même où Il est né, prier le Sauveur du monde pour les peuples d'Occident qu'ils représentent en ces contrées, les Franciscains doivent payer aux Grecs un tribut. Pourtant, à prix d'or, ils obtiennent du Sultan la permission de célébrer la Messe sur le Saint-Sépulcre, ils achètent la chapelle extérieure de Notre-Dame de Pitié, qui est de niveau avec le sommet du Calvaire, et ils attendent des jours plus heureux.

Enfin, le 20 avril 1690, grâce au P. Lardizabal et à M. Castagnères de Château-Neuf, ambassadeur de France, un nouveau firman restitue aux Franciscains la préséance sur les Grecs, le Saint-Sépulcre, le lieu du Crucifiement, celui de l'Invention de la Croix, etc., et, à Bethléem, le lieu de la Nativité du Sauveur ainsi que la basilique dont ils étaient éloignés depuis cinquante ans.

Ce qui dure le plus parmi les hommes, ce n'est point la justice, surtout en certains pays et en certaines circonstances. Aussi les Pères de Terre-Sainte n'ont-ils pu jouir entièrement de cette confirmation de leurs droits, que durant 67 ans. « Le 2 avril 1757, dit M. Eugène Boré, tandis que le gouvernement ottoman rendait le témoignage aux Religieux latins qu'ils étaient fidèles et pacifiques exécuteurs de ses ordres, les Grecs commettaient un acte de violence et d'agression qui devait lui prouver le contraire. » En effet, à la tête de leurs pèlerins, ils se jettent sur notre autel du Saint-Sépulcre, déchirent les tentures et brisent les lampes d'argent qui paraient le Saint-Sépulcre, car on était au dimanche des Rameaux. Ces actes de brigandage qui se sont renouvelés, il y a à peine six ans, à Bethléem, furent l'objet d'un procès-verbal du gouverneur; mais, au lieu d'être châtiés, les Grecs, auteurs de ces faits de vandalisme, reçoivent de la Sublime Porte un firman qui leur donne, avec la basilique de Sainte-Hélène, le Sépulcre de Notre-Seigneur et le tombeau de la Sainte-Vierge. Ce dernier sanctuaire avait été réparé par nos Pères peu de mois auparavant. Il est vrai de dire que les Grecs avaient acheté le grand visir. Aussi, lorsque M. de Vergennes, ambassadeur de France, réclama la réparation des déprédations grecques, Regyb-Pacha se contenta de répondre insolemment : « Ces lieux appartiennent au Sultan mon maître : il les concède à qui il lui plaît, et quoiqu'ils aient été jusqu'à ce jour entre les mains des Francs, Sa Hautesse veut que désormais ils soient aux Grecs. »

Tel est le cas que les autorités musulmanes faisaient des traités et des firmans de 1690 à 1740! Que pourront les Franciscains, là où la France de Louis XV ne pouvait rien? Les ambassadeurs catholiques présents à Constantinople se concertèrent alors pour savoir s'il n'y avait pas lieu de faire au gouvernement turc des représentations communes; mais TOUS furent d'avis qu'il fallait attendre la mort du grand visir. Elle arriva en 1762; mais les puissances catholiques avaient déjà oublié les Franciscains et les sanctuaires de Palestine.

Telle est, Messieurs, la manière dont ont été perdus pour les catholiques la basilique de Sainte-Hélène et le tombeau de la Sainte-Vierge. En 1852, un firman qu'avait rendu nécessaire le vol de notre étoile du lieu de la Nativité commis par les Grecs, nous autorisait à célébrer la Messe sur le cénotaphe de la Vierge Marie; mais cette concession est tellement mal rédigée, et a su si peu prévoir des détails nécessaires, que la mauvaise foi des Grecs et des Arméniens aidant, ainsi que le mauvais vouloir des Turcs, nous n'avons pu en profiter (1).

---

(1) « La question des Saints-Lieux fut entamée au mois de mai 1850, lorsque le général Aupick, à cette époque ministre plénipotentiaire de la Répubique française près de la Sublime Porte, présenta une note diplomatique, par laquelle il demandait, en vertu de l'article 30 du traité renouvelé en 1740, entre la France et la Porte, la restitution aux Religieux latins des sanctuaires qui leur avaient été enlevés par les Grecs. Les représentants des autres puissances catholiques en firent autant, en appuyant la déclaration de la France; mais cet appui dura fort peu de temps, car toutes se retirèrent à l'exception de l'Espagne. Après plusieurs mois d'attente, l'ambassadeur français obtint une déclaration, par laquelle elle reconnaissait que le traité plus haut cité était toujours en pleine vigueur, et qu'il n'avait été modifié en rien : c'était un point très-intéressant sur lequel, en bonne politique, la France devait appuyer ses négociations et en vertu duquel personne ne pouvait lui contester ses droits. Le général Aupick quitta Constantinople, et le marquis de Lavalette vint le remplacer dans la même mission. Ce dernier, non moins que le premier, déploya toute l'activité dont il était capable, pour faire avancer les négociations et les terminer avec honneur. Il eut à vaincre beaucoup d'obstacles pour en accélérer la marche, et je dois dire, pour rendre hommage à la vérité, comme par reconnaissance, qu'il a fait tout ce qu'il a pu et tout ce qu'il a su, pour le recouvrement des Saints-Lieux. Le traité de 1740 une fois reconnu en pleine vigueur, il y avait lieu conséquemment d'examiner quels étaient les sanctuaires que les Religieux

Voilà, Messieurs, l'exposé succinct mais exact et assez complet de ce qu'on est convenu d'appeler la question des Lieux-Saints. Ne jugerez-vous point qu'elle est digne de tout votre intérêt, pour ce

---

latins possédaient à cette époque, et quels étaient ceux dont ils avaient été dépossédés. M. de Lavalette obtint qu'une Commission mixte fut nommée pour examiner les pièces des deux parties. Cette Commission fût composée de quatre membres, deux pour la France, savoir : M. Botta, consul français de Jérusalem, et M. Scheffer, second drogman de l'ambassade, et deux pour la Porte, savoir : Emim-Effendi, sous-secrétaire d'État, et Loghotheti, drogman du patriarcat grec. La Commission commença ses travaux par l'examen des titres des Latins, et l'on ne pouvait rien désirer de plus conforme aux intérêts des catholiques. Le moment vint d'examiner les titres des Grecs, mais ils se refusèrent à en présenter aucun, si d'abord on n'examinait le firman supposé du calife Omar, pièce déclarée fausse à différentes reprises par la Porte elle-même. *(Le Sultan Mahmoud Ier avait déclaré en 1750 que les firmans des Grecs étaient faux, obtenus de la Porte à force d'informations mensongères, et avait ordonné qu'ils fussent arrachés des registres impériaux : déclaration qui jamais ne s'est appliquée aux firmans des Latins.)* Mais comme il ne s'agissait que de la possession des sanctuaires en 1740, époque du traité, les deux commissaires français se refusèrent de l'examiner, comme trop antérieur à l'époque sur laquelle roulait le débat. (Lettre du P. Joseph Llaurado, Commissaire de Terre-Sainte à Constantinople, au journal *Le Catholique,* n° du 13 juin 1853). »

Voyons maintenant quels pitoyables résultats eurent toutes ces démarches.

Au mois de septembre 1852, Affyf-Bey, Commissaire de la Porte, vint à Jérusalem pour veiller à l'exécution des firmans donnés par le Sultan. Le premier regardait la coupole du Saint-Sépulcre ; nous donnerons le texte du second comme plus important.

En 1849, on en avait appelé à la protection de la République française pour la revendication de quelques sanctuaires, et, après de longs pourparlers à Constantinople, Affy-Bey avait été nommé Commissaire de la Porte, et vint enfin à Jérusalem en septembre 1852, pour veiller à l'exécution des ordres du gouvernement ottoman.

On tint conseil dans l'église même du Saint-Sépulcre, devant l'édicule, dans l'après-midi du 14 octobre. Affyf-Bey, le Pacha et le Cadi de Jérusalem, Mgr Valerga, avec son chancelier et son drogman, notre Père Custode avec le Père Procureur et notre drogman, le Patriarche grec et le Patriarche arménien, accompagnés l'un et l'autre de leur Procureur et de leur trucheman, et enfin le Consul de France avec son chancelier et son drogman :

double motif qu'il s'agit d'une question catholique par-dessus tout, mais française aussi, puisque c'est la France qui, fille aînée de l'Église, s'est constituée le champion ferme et généreux des intérêts religieux en Orient?

---

tels furent les personnages qui y prirent part. Une foule compacte de tous les rites attendait anxieuse ce qui allait se passer.

Ce jour-là, le Commissaire se borna à déclarer que le Sultan l'avait envoyé pour examiner la grande coupole qui menace ruine, en lever le plan, et faire les devis de restauration, que Sa Hautesse aimant également chacune des communions chrétiennes, voulait refaire à ses frais la coupole et respecter les droits de chaque *nation*. « Demain, ajouta-t-il, l'architecte commencera ses travaux, et chaque rite peut envoyer une personne intelligente pour surveiller l'opération. » Cette déclaration fut l'objet d'un procès-verbal, et la première séance fut levée.

Mais le soir même, l'architecte commençait son travail à l'insu des Latins, il en fut de même le lendemain; pourtant, le Père Custode ayant réclamé auprès du Consul de France, nous pûmes envoyer, le 16, notre Frère Séraphin, architecte de grand mérite.

Ce même jour on tint une nouvelle séance, mais cette fois dans l'église du Sépulcre de la Vierge, et là, Affy-Bey déclara que la volonté expresse du Sultan est que les Latins célèbrent eux aussi la sainte Messe dans ce sanctuaire (*qui n'avait appartenu qu'à eux jusqu'en* 1751), mais sans qu'on changeât rien autre chose au *statu quo*.

Mais alors le Patriarche et le Custode demandèrent : 1° si nous pourrions avoir là un autel, ou du moins placer sur le maître-autel un autel portatif, comme sur le Tombeau de Notre-Seigneur, lorsque chaque jour nous y célébrons la sainte Messe; 2° à quelle heure nous pourrions célébrer le Saint-Sacrifice; 3° si l'on nous concédait aussi un lieu pour y placer une armoire qui contiendrait les ornements et les vases sacrés ; 4° enfin, si nous aurions une clef de l'église.

M. le Consul de France répliqua que l'on traiterait de ces questions dans la séance suivante.

Dans une conférence préalable, le Consul de France, le Patriarche et le Custode déclarèrent que, comme *minimum* de réclamations, nous devrions demander: 1° une clef de la grand'porte, ou la réouverture d'une ancienne porte latérale qui donne sur un terrain à nous, ou enfin donner à l'église une porte commune aux trois communions; 2° la préséance pour la célébration, puisque nous l'avons partout, à Bethléem, et à Jérusalem, ou du moins, par esprit de conciliation, l'alternative, de façon qu'à tour de rôle chaque clergé célèbrerait le premier; 3° l'autorisation de célébrer les Messes basses à l'autel du Sépulcre de la Sainte-Vierge, et les Messes solennelles sur celui qui est placé devant le Tombeau; 4° le droit de placer

Maintenant, permettez-moi de rappeler en quelques mots ce que faisait l'ancienne France pour la Custodie de Terre-Sainte.

En 1519, François Ier nous fit rendre la partie du Cénacle non convertie en mosquée.

---

des lampes, des tableaux et des ornements d'autel, selon l'usage de l'Église latine ; 5° enfin la concession d'un endroit pour y placer les vases et ornements sacrés.

Le 22 octobre, le *divan* ou conseil étant réuni de nouveau dans le même sanctuaire : en conséquence de ce qui était convenu, Mgr Valerga exposa nos deux premières demandes, mais sans succès, il ne fut même pas question des autres. Le 25, il y eut une autre séance à laquelle les catholiques ne prirent point part.

Le Commissaire de la Porte se rendit, le 26, à Bethléem, sans nous avertir ; le 29, les Arméniens et les Grecs furent invités, mais en vain, à s'entendre avec nous.

Un mois plus tard, le 28 novembre, on donna lecture d'un firman, permettant aux Grecs d'officier dans l'intérieur de la chapelle de l'Ascension, au mont des Oliviers, ce qui, jusqu'alors, nous avait été exclusivement réservé.

Bientôt après, le Pacha de Jérusalem plaça lui-même, au lieu de la Nativité du Sauveur, une étoile d'argent dont la valeur fut payée par la Custodie, et que le Gouverneur venait de recevoir de Constantinople. Elle avait l'inscription latine et était semblable à celle que les Grecs avait arrachée et volée en 1847.

L'architecte chargé par Affyf-Bey de lever le plan de la coupole du Saint-Sépulcre avait, pendant ce temps, terminé ses travaux ; il les présenta à l'approbation du Custode et du Patriarche latin, qui ne purent y apposer leur signature, parce que la désignation des lieux en notre possession était évidemment fausse. Mgr le Patriarche et le Révérendissime Père Custode signèrent, d'un commun accord, une protestation portant sur six points importants, la remirent au Commissaire de la Porte ottomane, et en envoyèrent le double à l'ambassade française, par l'entremise du Consul. Ceci se passait le 30 décembre ; et Affif-Bey jugea à propos de quitter Jérusalem le lendemain. (*Détails extraits d'une lettre écrite, le 2 janvier 1853, par le R. P. Sébastien Frotscher, alors directeur de notre imprimerie, au Commissaire général de Terre-Sainte, à Vienne.*)

Voici maintenant le texte d'un firman qu'Affyf-Bey était chargé de faire exécuter.

« Ceci est mon ordre impérial, adressé à mon visir Hafiz-Hamed-Pacha, gouverneur du sandjak de Jérusalem et de ses dépendances ; au cadi, au mufti, au substitut du Nakibul Echraf, et autres membres du conseil de ladite ville.

En 1540, ce même monarque fit délivrer les Franciscains qui avaient pu, sans mourir, supporter trente-huit mois de tortures au fond des cachots mulsumans.

Plus tard, Louis XIII donne au Saint-Sépulcre les plus beaux

« Dans le but d'aplanir et de régler les différends et les contestations qui s'étaient élevés entre les Grecs et les Latins au sujet de certains sanctuaires situés dans l'intérieur et hors la ville de Jérusalem, un hatti-chérif impérial, en date de la dernière décade de Gemaziul corel 1268 (mars 1852) avait été adressé à toi, qui es le gouverneur susmentionné, et aux autres autorités compétentes. Il vient d'être porté à notre connaissance impériale que quelques-unes des dispositions de ce hatti-chérif n'ont pas encore reçu leur exécution. Or, comme mon désir impérial est que cette exécution ait lieu, cette question a fait l'objet des délibérations de mes ministres réunis en conseil, et, afin d'éclaircir et de *confirmer* la teneur dudit hatti-chérif, et d'en compléter et d'en expliquer le sens, il a été présenté et soumis à ma sanction impériale un écrit contenant les six articles suivants :

« 1° Bien qu'une clef de la porte de l'église de Bethléem ait été donnée aux Latins, il leur a été donné seulement le droit de passer par cette église, à l'instar de ce qui se pratiquait anciennement ; mais il ne leur a pas été donné le droit d'officier dans cette église, ni de la posséder en commun avec les Grecs. De même, il n'a pas été donné aux Latins d'altérer en quoi que ce soit l'état actuel de cette église ni d'y exercer leur culte, et, en un mot, il ne leur est pas permis de changer ce qui se pratique de tout temps et actuellement en ce qui concerne le passage par l'église à la grotte, aussi bien que sous tout autre rapport, ni d'apporter à quoi que ce soit dans cette église la moindre innovation.

« 2° Attendu que le portier de l'église de Bethléem se trouve être depuis longtemps un prêtre grec, sujet de ma Sublime Porte, et que ce portier n'a pas la faculté de refuser le passage aux nations qui ont dès une époque reculée le droit d'y passer, cela continuera à avoir lieu à l'avenir comme par le passé.

« 3° Par l'étoile qui vient d'être nouvellement posée dans la grotte de l'église de Bethléem, comme un souvenir solennel à la nation chrétienne de notre part impériale, et pour mettre fin à toute discussion, d'après le modèle de l'étoile qui se trouvait à cette grotte et a disparu en 1847, il n'est donné à l'une ou à l'autre des nations chrétiennes aucun droit nouveau ou particulier. *Jamais et en aucun temps* il ne sera apporté à ce point le moindre changement. (!)

« 4° Les nations chrétiennes qui ont le droit de visiter le tombeau de la sainte Vierge et d'y célébrer leur culte, y officieront tous les jours.

ornements qu'un souverain ait jamais offerts et consacrés au souvenir du Sauveur dans le pays de sa vie mortelle. Actuellement encore, c'est la crosse de la chapelle pontificale donnée par ce roi de France qui figure dans les cérémonies solennelles de la basilique

---

« Les Grecs officieront *les premiers,* en commençant au lever du soleil, avec la condition de ne pas s'opposer à ce que les autres nations y accomplissent aussi les cérémonies de leur culte. Après eux, les Arméniens, et après ces derniers, les Latins, et tous y officieront durant une heure et demie. Cet arrangement a été fait sur l'ordre et avec l'autorisation de ma Sublime Porte.

« 5º Les deux jardins situés au village de Bethléem et contigus au monastère franc seront administrés par les Grecs et les Latins comme par le passé, sans qu'ils aient les uns sur les autres aucun droit de prééminence. On fera de ces jardins absolument le même usage qui en a été fait jusqu'ici.

« 6º *A l'exception de ce qui précède, aucune concession n'ayant été faite en vertu d'ordre officiel en faveur d'aucune nation, toutes sont maintenues dans leur état actuel.*

« La possession des sanctuaires de Jérusalem qui se trouvent présentement entre les mains des Grecs, des Latins et des Arméniens, soit en commun, soit d'une manière exclusive, leur est confirmée A TOUT JAMAIS COMME PAR LE PASSÉ.

« Les dispositions ci-dessus ayant obtenu ma sanction impériale, j'en ai ordonné l'exécution ; et, en vertu de mon ordre impérial, le présent firman a été délivré par mon divan impérial, revêtu de mon autographe souverain, et vous est expédié. Vous donc, qui êtes le gouverneur, le cadi, le mufti et autres fonctionnaires susmentionnés, aussitôt que vous aurez connaissance de la chose, vous aurez soin de faire enregistrer le présent ordre impérial dans les matricules du Mehkeme, d'agir toujours à perpétuité d'après ces ordres, sans y apporter le moindre changement. Sachez-le ainsi, et prêtez foi à ce noble signe.

« Fait à la fin de redjeb 1296. »

Ce firman, pour ce qui a trait au Sépulcre de la Sainte-Vierge, nous fut inutile, 1º parce que les Arméniens et les Grecs ne se contentaient pas du temps qui leur était concédé et réclamaient *cinq* heures de temps pour leurs offices, ce qui nous remettait pour nos Messes à l'après-midi ; 2º parce qu'on ne voulut point nous accorder d'autel ; 3º parce qu'on refusa de nous donner un lieu pour y garder nos ornements, le calice, en un mot, ce qui est indispensable pour le Saint-Sacrifice. Tel fut le résultat de ce firman que le gouvernement français ne pensa pas à faire rectifier en 1856, quoique la Russie l'eut fait ainsi libeller après qu'il avait été primitivement rédigé en notre faveur.

de la Résurrection. Louis XIII (1) aurait voulu, pour l'avantage des Religieux et le bien de la Terre-Sainte, établir un consul à

---

(1) Le firman d'Osman, obtenu par le roi Louis XIII, et qui se trouve dans la Relation de l'envoyé Deshayes, est d'une telle importance que, malgré son étendue, nous croyons devoir le reproduire intégralement en conservant l'ancienne orthographe.

« L'Empereur Osman, fils de l'Empereur Acmat, tousiours victorieux.

« Moy, qui suis par les infinies grâces du Tout-Puissant Créateur et par l'abondance des miracles du chef de ses Prophètes, Empereur des victorieux Empereurs, distributeur des Couronnes aux plus grands Princes de la terre, serviteur des deux très-sacrées et très-augustes villes, belles entre toutes celles du monde, Mecque et Médine, protecteur de la Saincte Hierusalem, etc, etc.

« Au benin Prince et approuvé Seigneur, distributeur des éminentes dignitéz de son obéy et honoré, et à ce destiné par l'immense miséricorde diuine, Le Bascha Féroue, qui auparavant fut Bey de Napelouse, et maintenant a pour son entretenement la principauté de Hierusalem, la félicité duquel Dieu conserve ! et au Révérend Seigneur, sage et juste Juge, fontaine de la vraie prudence, oracle de la justice et de la vérité, héritier de la doctrine des Prophètes, et, à ce destiné par l'immense miséricorde divine, Le Seigneur Moulacady, de Hierusalem, la doctrine duquel augmente. Estant arrivé ce mien sacré et imperial Seing, vous sçaurez que l'Empereur de France m'a fait entendre que, de toute ancienneté, les Prestres et Religieux francs qui seruent les Églises et lieux de deuotion qui sont tant dans la ville de Hierusalem qu'aux enuirons, comme aussi les pelerins qui les vont visiter, auaient accoustumé de n'estre point inquietez et de viure en pleine liberté, conformément aux impériales capitulations qui sont entre nous, et que mesmes de toute ancienneté ils sont en possession de l'église de Bethléem : car, encore que par le passé ils ayent permis à la nation arménienne et aux autres nations chrestiennes d'auoir une Chapelle en ladite Église de Bethléem pour y faire leurs prières selon leurs usages, si est-ce qu'ils se sont tousiours reseruez à ceux la Grotte où Jésus est nay (à qui soit honneur et gloire) laquelle est au-dessous de l'Église : Et quoy par plusieurs fois les autres nations Chrestiennes leur en ayent voulu debattre la possession, il a tousiours esté iugé qu'il n'y auoit que les Religieux francs qui eussent droit en l'Église de Bethléem et qui puissent célébrer la Messe ou Liturgie en ladite Grotte, ny moins y allumer des lampes : et que les autres nations Chrestiennes y auoient des Chapelles, et célébroient leur Messe ou Liturgie dans ladite Grotte, ce n'estoit que par permission des Religieux francs. Ce qui appert par plusieurs commandements des Suldans d'Égypte, qui depuis la conqueste du pays ont esté confirmez au temps que régnoit

Jérusalem en 1629 ; cet essai fut malheureux, mais c'était du

---

-l'heureuse mémoire de mon miséricordieux ayent Sultan Soliman (qui soit en gloire !) et approuvez par plusieurs Cadis.

« Mais que, nonobstant cela, la nation arménienne a, depuis quelque temps, d'authorité priuée et auec violence, fait attacher deux lampes dans la Grotte où Jésus est nay, et que leur Éuesque, Grégoire, et leur Interprète Codauerdy prétendent y avoir droit, et ensuite de ce d'en garder les clefs entre leurs mains pour y entrer quand bon leur semblera afin d'y célébrer leur Messe ou Liturgie, et que mesmes, par le moyen de quelques faux tesmoins qu'ils ont corrompus, ils en ont eu des Cogets ou attestations des Moulacadis de Hierusalem, et, conformément à iceux, ont pris, vu impérial commandement dont ils se prévalent contre les Religieux francs, et leur veulent troubler leur Jurisdiction et particulière possession, en celebrant leur Messe ou Liturgie dans ladite Grotte, sans leur en demander la permission. Et que de plus ladite nation Arménienne pretend d'estre participante au gouvernement et en la possession de l'Église où est enfermé le Sepulchre qui est appelé par les Chrestiens, le Sepulchre de Jésus.

« Et encores que de toute ancienneté les Religieux francs ayant accoustumé, en faisant leurs oraisons et processions en ladite Église, d'allumer deux cierges aupres de la pierre appelée *la pierre de l'Onction ;* ce qui de tout temps esté defendu à toutes les autres nations Chrestiennes : nonobstant la nation Arménienne dit à present avoir droit d'y ea allumer, puisque le Gardien qui estoit auparauant leur en a donné la permission. Dauantage, encores que de temps immemorial les Religieux francs soient en possession du Sepulchre de la bien-heureuse Vierge, et que par charité seulement ils ayent donné des Oratoires ou Chapelles en l'Église dudit Sepulche aux nations Chrestiennes pour y faire leurs Oraisons selon leur usage, sans leur auoir iamais voulu permettre de celebrer leur Messe ou Liturgie dans ledit Sepulchre : Ce nonobstant la nation Arménienne depuis quelques iours, ne se contentant pas de l'Oratoire ou Chapelle qu'elle a en ladite Église, pretend de celebrer la Messe dans ledit Sepulchre, et inquieter par ce moyen la possession des Religieux francs : Partant, afin que les Églises et lieux que les Religieux francs possedent d'ancienneté iuridiquement, conformément aux capitulations et titres qu'ils ont en leurs mains, soient de nouueau rendus, et qu'ils ne soient plus troublez en leur possession par les Arméniens et autres nations Chrestiennes.

« Non-seulement l'Empereur de France nous en a requis par lettres : mais· encores son Ambassadeur nous en a prié en son nom : de manière que, ayant égard à la supplication qui nous a esté faicte en mon sublime trosne, et que l'Empereur de France a tousiours esté sincere amy de mes ayeuls et bisayeuls, et semblablement auec mon éminente Porte, la requeste a esté de mon imperial contentement. C'est pourquoy — afin

moins la preuve d'une intention généreuse et bienveillante. Il en est

---

que tous les lieux qui d'ancienneté estoient en la possession et au gouvernement des Religieux francs leur soient derechef rendus et consignez en leurs mains, et que ceux qui voudroient brouiller et inquieter à l'aduenir lesdits Religieux en soient destournez et empeschez, mon imperial commandement est interuenu. Je commande qu'à l'arriuée de ce mien haut et imperial commandement, accompagné d'entre les Chaoux de ma souveraine Porte, de l'honorable parmy ses semblables, Isouph (le bonheur duquel croisse), Vous faciez, selon le contenu en iceluy, que les Églises et lieux de deuotion de la ville de Hierusalem et des enuirons, que de toute ancienneté souloient estre tenus et possedez par les Religieux francs leur soient restituez et rendus, et les en faciez ioüyr en la mesme sorte et manière qu'ils ont fait par le passé, et empeschiez qu'ils ne soient molestez, faschez ny troublez par les Arméniens et par les autres nations Chrestiennes; et mesmes vous procurerez que les lampes et chandelles que les Arméniens ont, puis nagueres, mis en Bethleem, et en la pierre de l'Onction, soient ostées ; et à aucun vous ne concéderez chose quelconque contre la coustume de ces Églises, qui anciennement estoient en la possession des Religieux francs, et ne permettrez qu'il y ait difficulté ou contradiction, commandant apres tres-expressément à la nation Arménienne et aux autres nations Chrestiennes, de ne s'entremettre plus en aucune façon imaginable aux Églises et lieux de deuotion qui leur appartenoient d'ancienneté : à sçavoir, en la Grotte de Bethleem où Jesus est nay, et à son Sepulchre ; ensemble à l'entrée de la sépulture de la Vierge, et encores en divers autres lieux, ausquels les Religieux francs de temps ancien souloient auoir leurs Oratoires et monumens, ausquels vous ne permettrez en aucune façon que les Arméniens et autres Chrestiens celebrent leurs Messes ou Liturgies ; et ceux qui y voudroient faire difficulté, vous les retiendrez et empescherez ; et encores ceux, lesquels soient Arméniens ou d'autres nations qui ne se contenteront, mais chercheront et voudront contredire à ce mien impérial commandement, et aurez soin que comme les lieux susdits estoient au commencement en la possession et au gouvernement des Religieux francs, ils le soient encore maintenant. Et après qu'à vostre diligence les lampes et chandelles que les Arméniens y avoient mises, seront ostées : Semblablement encores, apres que vous les aurez empeschez de celebrer la Messe aux Oratoires des Religieux francs, vous n'escouterez plus leur débat, ains les renvoyerez, et les escritures de deux partiès, en ma souveraine Porte, afin que leur procés soient veuz et decidez en mon tres-iuste et tres-noble Divan, en la présence de mon Grand Visier, et de mes Casiasquiers, selon la sacrée Justice. Et le susdit Gregoire, Euesque des Arméniens et Codauerdy son Interprete, ayans esté cause de quelques scandales, pour avoir dit plusieurs

de même d'une tentative identique dans le but et les conséquences, faite par Louis XIV en 1699 (1).

Plus tard, le grand roi publia des lettres patentes par lesquelles il prenait sous sa protection spéciale les Franciscains de Terre-Sainte.

Louis XV imita l'exemple de son aïeul.

J'ai déjà parlé du firman obtenu en 1690 en notre faveur, je pourrais de même signaler celui de 1719 qui nous permettait de

---

paroles indécentes contre l'honneur des Religieux francs, vous ferez que le dit Codauerdy Interprete ne s'ingere plus en cela, et vous commanderez audit Euesque qu'en toute façon il demeure en son devoir, sans user de choses à luy indecentes : mais au cas qu'ils y retournent, et que cela vienne derechef en mon imperiale cognoissance, vous en serez bien repris : l'Euesque sera démis de son Euesché, et le dit Codauerdy sera banny. Partant vous userez de grande diligence, et prendrez bien garde qu'aucune chose ne soit faite contre ce mien souverain et impérial commandement, lequel après avoir leu, vous consignerez ès mains des Religieux francs, et adioustez foy à ce mien sacré et impérial seing. Escrit à Daoust Bascha les Constantinople à la my Lune de Giumazi el Achir, l'année du Prophete mille trente (qui est l'année du Christ mille six cens vingt-un, le seixiesme de May). »

Deshayes vint porter lui-même ce firman à Jérusalem.

(1) J'ai trouvé, dans ces lettres patentes de Louis XIV, l'explication d'un usage introduit depuis des siècles en Palestine. A la procession solennelle que chaque jour nos Pères font dans les divers sanctuaires de Jérusalem, de Bethléem, de Nazareth et de Saint-Jean, nous faisons des prières particulières pour les pèlerins et pour ceux qui se trouvent sur mer ; pour eux nous invoquons Marie sous le titre de : *Advocata navigantium*. Je trouvais ces prières bien belles, mais j'en ignorais l'origine et je n'en connaissais pas le but tout français : c'est Louis le Grand qui me l'a fait connaître. En effet, dans ses lettres patentes, il ordonne : « que les trois piastres que les capitaines de vaisseaux paient entre les mains des chanceliers des consuls de France, ainsi que trois Bulles le prescrivent sous peine d'excommunication, soient fidèlement données au Procureur des Franciscains de Terre-Sainte en considération des prières qu'ils font journellement en lesdits principaux lieux de notre Rédemption pour l'heureux succès de leur voyage. » Messieurs, les prières continuent de se faire, mais il y a bien des années que les trois piastres ne viennent plus aider nos œuvres de Terre-Sainte ! Toutefois je dois ajouter que je les ai retrouvées mentionnées dans les recettes de la Custodie en 1853; est-ce que depuis elles se tromperaient de route, ou s'arrêteraient en chemin ?

rebâtir la coupole du Saint-Sépulcre ; je pourrais de même citer la capitulation de 1740 qui, par l'article 33, confirmait nos droits, et nous promettait liberté et protection. Mais je ne puis relater tout ce que la vieille monarchie a fait pour la Custodie de Terre-Sainte...

La protection française nous était tellement acquise, qu'elle ne nous fit pas même défaut en 1793. La Convention elle-même prescrivait à ses agents en Orient, cela est historique, d'assister aux offices religieux.

Sous l'Empire, la Custodie de Terre-Sainte vit un de ses moments les plus critiques : une main criminelle, dans la nuit du 11 au 12 octobre 1808, incendia le Saint-Sépulcre et cette occasion fut favorable aux Grecs qui en profitèrent pour en rebâtir l'édicule et détruire les tombeaux de Godefroy de Bouillon et de Baudoin. Les Religieux latins étaient dans la désolation. L'un des leurs se rend à Constantinople et M. de Latour-Maubourg, qui avait l'intérim de l'ambassade, obtient, en 1811, un firman qui déclare que le fait de la réédification de l'édicule par les Grecs n'a nullement atténué les droits des catholiques ; et les Grecs sont au contraire chassés du Saint-Sépulcre (1).

Déjà, en 1802, nous avions pu acquérir de nouveau la Grotte de l'Agonie par l'appui du Maréchal Brune.

En 1818, les Grecs avaient obtenu des firmans leur permettant de célébrer avec nous dans le Saint-Sépulcre. Ces firmans annulaient celui de 1811 et leur donnaient la Grotte des Pasteurs à Bethléem.

Depuis lors, le gouvernement français a fait diverses tentatives pour faire triompher le droit de la justice, mais en vain.

Notre ambassadeur obtint, en 1822, un firman annulant celui des Grecs et confirmant celui du marquis de Latour-Maubourg et les arrangements pris lors des capitulations de 1740. Mais l'autorité locale de Jérusalem refusa de le mettre à exécution et l'injustice triomphe encore à l'heure présente, quoique depuis 1843, Jérusalem ait un consul de France.

Vers ce temps là, Mgr le Prince de Joinville vint à Jérusalem et fit ouvrir à Bethléem une porte que la prépotence des

----

(1) « En 1811, le chargé d'affaires de France obtint de la Porte un firman et un hatti-schérif, par lesquels le Sultan ordonnait que l'on nous restituât toutes nos anciennes possessions, que l'on se gardât bien de nous molester, et que l'on se conformât strictement aux concessions que nous avaient faites les sultans, ses prédécesseurs (P. GARCIA, *Derecos legales*). »

schismatiques avait murée et qui sert actuellement de passage entre notre église de Sainte-Catherine et le sanctuaire de la Nativité.

En 1847, les Grecs volent l'étoile d'argent qui constate notre ancien droit sur le lieu de la naissance du Sauveur. La chose était simple et le cadi de Jérusalem fit proposer — il paraît que M. Boré se trouvait alors à Jérusalem pour étudier la question d'Orient — de la terminer en notre faveur pour la somme de 11,000 piastres. Cependant les choses traînent en longueur ; toutefois les gouvernements, qui se succèdent en France, prennent à cœur la défense des catholiques. Sous n'importe quel régime, notre patrie n'est-elle pas toujours la protectrice des Saints-Lieux ? L'énergie de notre ministère et de notre ambassadeur semble donc promettre à cette affaire une heureuse issue, et, en effet, un firman solennel, favorable aux catholiques et conforme à la dignité de la France, est accordé ; mais la Russie proteste, et ce firman est retiré et modifié par un autre dans le sens que désire le gouvernement moscovite, toujours favorable aux schismatiques. Malheureusement, le gouvernement français ne parut pas sentir l'injure qui lui était faite par le retrait du premier firman, et crut devoir ou pouvoir sacrifier des droits imprescriptibles. La guerre ne fut pourtant pas évitée.

Sébastopol est pris ; la paix est faite ; le congrès de Paris se réunit ; hélas ! il y est question de tout.... de tout, sauf des Lieux-Saints, qui pourtant étaient la cause principale, le motif avoué de la campagne de Crimée !

Vous connaissez, Messieurs, les derniers événements. La grande coupole, bâtie aux frais communs de la France, de la Turquie et de la Russie qui acquérait ainsi un premier droit sur les sanctuaires ; et enfin les événements de Bethléem qui se sont terminés par une sentence flétrissant les Grecs, permettant à la France de remplacer, dans la Grotte de la Nativité, les tentures brûlées ou volées par les schismatiques, et nous promettant, pour les dégâts causés par leur vandalisme, une indemnité que nous n'avons pas reçue !

Tel a été le rôle de la France dans la question des Saints-Lieux ; il est beau, mais il n'est pas complet. Il reste encore à réclamer, COMME MINIMUM, *l'exécution des firmans obtenus par la France* en 1690, en 1740, en 1811 et 1822, demeurés lettres mortes dans quelques-unes de leurs parties, pourtant très-importantes ; la France a, par deux fois, sauvé la Turquie, et cependant les protégés de la Russie sont préférés aux catholiques dont les divers gouvernements français ont fait reconnaître les droits imprescriptibles.

Notre vaillant pays devrait-il tolérer que la Sublime Porte lui fasse des promesses, lui donne des firmans, signe avec lui des capitulations (1740) — vrais traités internationaux — et que tout cela soit lettre morte ?

Avant de vous demander, Messieurs, d'émettre un vœu sur cette question, laissez-moi vous dire comment la Custodie de Terre-Sainte témoigne sa reconnaissance à la France.

Le consul de France est le seul qui puisse, dans nos églises, assister en uniforme aux offices divins. Nous lui rendons des honneurs tous particuliers : ceux que l'on rendait autrefois en France aux seigneurs féodaux dans leurs propres églises.

Chaque dimanche, à la Grand'Messe, nous chantons le *Domine salvam fac rempublicam* NOSTRAM et l'oraison.

Chaque semaine une Messe est célébrée pour le gouvernement français, à Bethléem, à Nazareth, à Saint-Jean et sur le Calvaire.

Le traité de Berlin a reconnu à la France le droit de protéger les catholiques dans l'empire ottoman. Ceci, Messieurs, est conforme à la tradition française ; mais jusqu'à présent il paraît que la France n'avait en Palestine, d'après les capitulations, que le droit — impliquant aussi un devoir — de protéger les gardiens des Saints-Lieux ; nous étions les vrais représentants ou plutôt les vrais objets du protectorat français, et partant de son influence qui serait moins grande dans le Levant sans l'éclat dont l'a rehaussée la question des Lieux-Saints. Espérons donc que notre gouvernement, fidèle au nouveau mandat, qu'il a brigué comme un honneur, protégera avec plus d'énergie que jamais tous les intérêts des Lieux-Saints !

Sans doute, les Religieux français ne sont pas encore très-nombreux en Palestine, mais chaque année quelques-uns quittent la mère-patrie, pour aller dans la Custodie (1).

Il est à remarquer, Messieurs, que les Missions des différents Ordres se trouvant en Assyrie, en Mésopotamie et en Syrie, étaient toutes, naguère encore, tenues par des Religieux italiens, qui ont

---

(1) Depuis le mois de décembre dernier se sont embarqués à Marseille pour la Terre-Sainte, les Religieux franciscains de la Province de Saint-Louis, dont les noms suivent :

Le R. P. Marie-Joseph Petit, d'Orléans ; le R. P. Antoine de Corse, le F. Édouard de Montmorency, le F. Lazare-Marie, de Pau, le F. Théodore de Paris, F. Daniel-Marie, de Ham, F. Justin-Marie, de Pau, F. Donatien-Marie, de Bretagne.

cédé la place à des Français à mesure que les Ordres monastiques sont revenus en notre patrie et se sont multipliés dans cette terre féconde en tous les genres de dévouement et de vertu.

Pour nous, Messieurs, nous ne remplacerons pas nos confrères d'Italie. Notre Mission est catholique et partant internationale sous le protectorat de la France : il est donc juste que tous les pays y soient représentés ; mais il est à désirer aussi que les Franciscains français soient en Orient aussi nombreux qu'avant la Révolution ; et cela se fera surtout si se réalise le vœu de favoriser les vocations religieuses, adopté l'année dernière par la commission des Œuvres, et présenté à la suite du rapport sur les Missions rédigé par le R. P. Hilarion, alors Supérieur de notre maison de Paris.

Du reste, les susceptibilités des grands pays catholiques, — j'entends leurs susceptibilités légitimes, — ont été prises de tout temps en sage considération. C'est ainsi que les Français ont dans la Custodie le droit de fournir à la Mission le Vicaire de Terre-Sainte, un autre membre du conseil d'administration. De plus, les Supérieurs des communautés qui desservent les sanctuaires du Saint-Sépulcre, de Bethléem et de Nazareth, est à tour de rôle français, italien et espagnol. Et tout cela, Messieurs, a été réglé non seulement par nos Supérieurs, mais se trouve dans la Bulle *In Supremo*, publiée par Benoît XIV et confirmée par Pie VI, par Grégoire XV et enfin par Pie IX.

Après vous avoir montré, Messieurs, ce que les Pères de la Custodie de Terre-Sainte ont souffert pour acquérir (1) et pour sauvegarder, avec l'aide de la France, les sanctuaires qu'ils desservent en Galilée et en Judée, j'aurais à vous dire quelles sont leurs charges de ce chef. Mais ce serait vous soumettre, Messieurs, des détails par trop fastidieux. Il suffit en effet de savoir que ces sanctuaires forment quinze établissements différents, à l'entretien desquels nous devons pourvoir d'une façon digne de la catholicité que nous représentons.

Je dois aussi, dans le même ordre d'idées, vous dire que chaque jour la Messe est chantée dans tous les sanctuaires, et que la pompe

---

(1) « Tout ce que les Gardiens de la Terre-Sainte ont eu à souffrir jusqu'à notre siècle est quelque chose d'inouï. On ne peut se rappeler cette longue chaîne d'avanies, de tortures, sans admirer la foi, la patience, la générosité élevée jusqu'à l'héroïsme, de ces générations pieuses qui se sont continuées à la garde des Lieux-Saints (MICHON, *Voyage religieux en Orient).* »

du culte chrétien se déploie avec toute l'ampleur que permettent les circonstances. (1) Les pèlerins qui en ont été témoins rendront témoignage de ce que j'avance. Mais de ce chef encore les dépenses à faire grèvent notre petit budget (2). Je ne parlerai que pour mémoire de l'œuvre de l'hospitalité (3) que nous exerçons pour

---

(1) Les Messes célébrées par les Religieux de la Custodie le sont presque toutes en faveur de nos bienfaiteurs en général, et sans honoraires particuliers. Les personnes donc qui envoient quelqu'aumône à la Custodie, ou les remettent au Commissaire participent, au mérite de plus de 36,000 Messes offertes chaque année par les Religieux de Terre-Sainte en faveur de ceux qui les aident par leurs aumônes à accomplir les œuvres dont les a chargés l'Église.

(2) Nos dépenses en 1857 se sont élevées de ce chef, à la somme de 107,736 piastres, soit 26,934 francs (*Annales* du Commissariat). Depuis, ces frais ont naturellement augmenté, ainsi que le nombre de nos établissements et de nos églises.

(3) « Il était midi passé quand, poudreux et haletants, nous sommes enfin rentrés au couvent de Casa-Nova, où nous attendait dans le vaste réfectoire un déjeûner bien gagné....

« Nous sommes parfaitement installés. Nos cellules ont un air de propreté qui fait plaisir à voir. Chaque fenêtre s'ouvre sur une cour intérieure, chaque porte sur un long corridor largement aéré. Les plafonds blancs comme neige sont élevés, les lits garnis de moustiquaires, le service fait par de jeunes chrétiens, lestes, intelligents, parlant suffisamment quatre ou cinq langues et portant le costume arménien. Le salon, garni de divans et de tables entourées de chaises pour pouvoir écrire, est remarquablement frais ; cinquante personnes à la fois peuvent prendre place à la grande table du réfectoire, où, le matin, chacun peut se faire servir du chocolat, du thé, du vin, de la limonade, et sur laquelle deux fois par jour, à midi et à 6 heures, on sert le déjeûner et le dîner composés de mets substantiels, bien apprêtés, de fruits délicieux, avec accompagnement de vin du pays, de pain frais cuit chaque jour au couvent, de pâtisseries et de café à la turque ou à la française.

« En somme, ce serait un excellent hôtel n'importe où, un hôtel auquel il ne manque rien qu'une chose pour ressembler à ceux de tous les pays : ce quelque chose qui ne s'oublie nulle part, excepté dans les hôtelleries tenues par des moines avides et spéculateurs, s'appelle la carte à payer. On est riche, on est pauvre, on est catholique, on est protestant, peu importe, on arrive, on frappe, on entre, on s'installe, on se fait héberger, nourrir, soigner, deux, huit jours, une semaine, quinze jours, et puis on part sans que personne ne vous demande rien.

faciliter aux chrétiens la visite des Saints-Lieux. Dans ce but nous avons ouvert des hôtelleries à Jaffa, à Ramleh, à Jérusalem, à Bethléem, à Saint-Jean, à Emmaüs, à Nazareth, à Tibériade et au mont Thabor (1).

« Oh ! il est permis d'offrir une aumône qui sera acceptée avec reconnaissance, comme un don, et qui servira à nourrir d'autres pèlerins ; beaucoup se dispensent de la faire qui déblatèreront ensuite contre les Ordres religieux ; d'autres plus généreux, en font une dérisoire comme M. de Lamartine, qui, après avoir donné 1 franc 20 par jour passé au couvent, s'en vante avec fierté dans son *Voyage en Orient*. » (*De Marseille à Jérusalem*, par A. De Lamotte; Paris 1879).

(1) Nous croyons être agréable à nos lecteurs en donnant ici la liste des indulgences plénières attachées au pèlerinage des Saints-Lieux.

L'Église a accordé une indulgence plénière à ceux qui visitent chacun des endroits suivants de la Terre-Sainte.

1. Jaffa, quand ils y arrivent;

2. La sainte Ville de Jérusalem ;

3. L'Autel du Saint-Esprit, dans notre église de Saint-Sauveur ;

4. L'Autel du *Corpus-Christi* (ibid.) ;

5. L'Autel de l'apparition de Jésus-Christ à S. Thomas (ibid.) ;

6. L'Église de Saint-Thomas-Apôtre ;

7. Le Temple de la Présentation de la Bienheureuse Vierge Marie *(Mosquée de l'Aksah) ;*

8. La Maison du Pharisien où Ste Madeleine reçut l'absolution de ses fautes ;

9. La Maison de Ste Anne ; lieu où fut conçue et naquit la Bienheureuse Vierge Marie ;

10. Le Temple du Seigneur communément appelé Temple de Salomon *(Mosquée d'Omar) ;*

11. L'Église des Saints-Apôtres ;

12. La Maison où vécut et mourut la Bienheureuse Vierge Marie après l'Ascension de Notre-Seigneur Jésus-Christ;

13. Le Torrent de Cédron ;

14. Le Lieu où Notre-Seigneur pria et sua le sang ;

15. Le Lieu où Notre-Seigneur, trahi par le baiser de Judas, fut pris par les Juifs et abandonné de ses Apôtres ;

16. La Trace des pas du Sauveur imprimée dans le lit du torrent de Cédron ;

17. La Maison d'Anne, le Grand-Prêtre des Juifs ;

18. La Maison du Grand-Prêtre Caïphe ;

19. Le Palais de Pilate, avec les autres Lieux-Saints ;

20. L'Église et le Lieu de la Flagellation de Notre-Seigneur;

En 1876, soit à cause de la crainte du choléra, soit pour tout autre motif, nous avons reçu beaucoup moins de pèlerins que dans les années ordinaires, et pourtant le total des journées d'hospitalité accordée par les Franciscains, dépasse le chiffre de 25,000, dont

---

21. Le Palais d'Hérode, tétrarque de Galilée ;

22. L'Arcade de l'*Ecce Homo* ;

23. Le Sépulcre de la Bienheureuse Vierge Marie ;

24. Le Lieu de l'Ascension de Notre-Seigneur ;

25. Le Sépulcre de Lazare ;

26. La Pierre de Béthanie, dite du Colloque ;

27. La Porte dorée ;

28. La Chapelle de l'Apparition du Sauveur à sa bienheureuse Mère dans la basilique du Saint-Sépulcre ;

29. La Colonne de la Flagellation, dans la même chapelle ;

30. Le Lieu de l'Invention de la Sainte-Croix, dans la même basilique ;

31. La Chapelle de Sainte-Hélène, ibid. ;

32. Le Lieu du Calvaire, où Notre-Seigneur fut crucifié ;

33. Le Lieu où Il fut élevé en croix et où Il rendit l'esprit ;

34. La Fente du rocher entr'ouvert, sur le Calvaire, à la mort du Sauveur ;

35. La Pierre de l'Onction ;

36. Le Sépulcre glorieux de Notre-Seigneur Jésus-Christ ;

37. L'Église de Sainte-Catherine, vierge et martyre, à Bethléem ;

38. La Grotte de la Nativité de Notre-Seigneur Jésus-Christ et le Lieu de sa naissance ;

39. Le Lieu où Il reposa dans la crèche (ibid.) ;

40. Le Lieu où Il fut adoré par les Mages (ibid.) ;

41. L'Église des Saints-Anges, dite des Pasteurs ou Bethsaour ;

42. L'Église de Saint-Jean-Baptiste et le lieu où naquit le Précurseur ;

43. Le Sanctuaire d'Emmaüs et Maison de Cléophas où Notre-Seigneur fut reconnu à la fraction du pain ;

44. Le Fleuve du Jourdain ;

45. La Montagne de la Sainte-Quarantaine, près de Jéricho ;

46. Le Puits de la Samaritaine et de Jacob ;

47. La Cité de Naïm ;

48. Le Mont Thabor ;

49. La Cité de Nazareth et l'Église de l'Annonciation de la Bienheureuse Vierge Marie ;

50. La Cité de Cana, en Galilée ;

51. Le Mont Sinaï ou de Sainte-Catherine, vierge et martyre.

Ces indulgences se gagnent en récitant dans chacun des lieux qu'on vénère, une fois seulement l'Oraison dominicale et la Salutation angélique.

près de la moitié à Casa-Nova de Jérusalem, et le reste dans les autres localités énumérées plus haut.

L'hospitalité est gratuite ; mais on accepte l'offrande des pèlerins aisés. En 1876, par exemple, les aumônes laissées par les voyageurs atteignaient près du tiers de la dépense faite à leur occasion (1).

Telle est l'œuvre de la Custodie de Terre-Sainte relativement aux sanctuaires : les acquérir d'abord, les entretenir ensuite, et les honorer par les solennités du culte catholique ; enfin en faciliter la visite aux pèlerins de toute nation pour le service desquels nous avons toujours à Jérusalem 12 pénitenciers apostoliques confessant chacun dans une des principales langues de l'Europe.

§ II.

J'ai développé davantage la première partie de ce rapport, parce qu'il s'agissait du mandat que l'Église nous confie spécialement : celui de représenter dignement les catholiques auprès des sanctuaires de Palestine.

Les faits historiques ont rempli mon cadre. Il m'a paru inutile de vous parler même des circonstances secondaires ou de toutes les

---

Avec les mêmes prières, on peut aussi gagner des indulgences partielles dans une foule d'autres sanctuaires moins importants, tels que la Maison de Joseph d'Arimathie, à Ramleh ; la Prison de S. Pierre à Jérusalem ; Bethphagé ; la villa de S. Zacharie à Saint-Jean ; l'atelier de S. Joseph, à Nazareth ; Nathaniel, près du Caire, etc.

(1) Cette année, la *Commission des œuvres de Terre-Sainte* de l'Assemblée des catholiques, dans sa session du 17 avril, a adopté à l'unanimité la motion suivante : — « *Prière sera adressée au* Conseil de l'Œuvre des pèlerinages en Terre-Sainte, *d'admettre au nombre de ses membres le R. P. Commissaire de Terre-Sainte, qui est, en France, tant aux yeux du Gouvernement que devant le Nonce et les Evêques, le représentant officiel des Pères de Terre-Sainte, gardien des sanctuaires, chez lesquels les pèlerins reçoivent l'hospitalité.* »

Cette mesure, en effet, aussi naturelle que convenable, aura pour résultat d'obvier à une foule d'inconvénients dont Messieurs les pèlerins ont eu plusieurs fois à souffrir.

Nous devons ajouter toutefois que nous ne savons encore quelle suite a été donnée à cette démarche.

persécutions subies par les Frères Mineurs, persécutions bien plus fréquentes que je ne l'ai dit, et que les Franciscains, pour accomplir la tâche d'honneur que leur décernait la catholicité, ont subies avec autant d'abnégation que de courage ; car on doit leur rendre ce témoignage, Messieurs, qu'ils ont fait le bien sans bruit comme sans ostentation. Et si je viens parler d'eux ici, c'est parce qu'ils ont été gravement attaqués, parce qu'ils ont évidemment le droit et le devoir — oh ! certes, je ne veux pas dire de se louer eux-mêmes : l'humilité sied trop aux Frères Mineurs ! — mais de se défendre contre des agressions plus ou moins déloyales et plus ou moins injustes. Nous sommes mandataires et nous tenons à l'estime des catholiques que nous représentons dans la fonction d'adorateurs du Verbe éternel dans les lieux où il s'est incarné, où il est né, où il a vécu, où il a souffert, où il est mort, où il est ressuscité glorieux et immortel et d'où il est monté à la droite de son Père céleste pour préparer la couronne de ceux qui l'auront fidèlement servi jusqu'à la fin.

La seconde partie de ce rapport est très-importante aussi, mais je ne ferai qu'esquisser à grands traits les différentes manifestations de l'apostolat des Pères de Terre-Sainte.

Les Franciscains sont en Palestine divisés, par ordre de la Sacrée Congrégation de la Propagande, en deux catégories distinctes :

La première comprend les Religieux chargés de veiller plus particulièrement aux sanctuaires et à la solennité du culte dans les augustes basiliques, comme dans les chapelles plus modestes qui nous rappellent quelque fait de la vie évangélique du Sauveur.

La seconde est composée des Franciscains missionnaires apostoliques, dont la vie est consacrée au travail, souvent aride, quoique parfois bien consolant, de la conversion des infidèles et des hétérodoxes, et au soin des chrétientés établies.

Quelques-uns de ces Missionnaires exercent leur ministère en grec moderne, un plus grand nombre en turc, presque tous en arabe.

Souvent les Religieux appartenant à la première catégorie passent à la seconde. S'il n'était pas haïssable de parler de soi, je me permettrais de vous dire que quand la Sacrée-Congrégation m'a honoré du titre de Missionnaire apostolique de Palestine, j'étais depuis plus de neuf ans (1) attaché à cette Mission, à laquelle j'espère consacrer toute ma vie.

_____

(1) Ceci a été dit pour protester, par un exemple plus frappant, contre les allégations de certains touristes qui après avoir passé une semaine à

Parmi ces Missionnaires, il en est quelques-uns qui sont indigènes. Nos Pères, en effet, ont toujours pensé à recruter les vocations possibles parmi les catholiques orientaux. Ils auraient bien voulu former des prêtres latins nés dans le pays ; mais d'abord il fallait qu'il y eût des catholiques ! Or, c'est surtout dans ce siècle que nous avons pu convertir le plus de schismatiques, par suite d'une plus grande tolérance.

Pour vous donner, Messieurs, une idée des difficultés contre lesquelles nos Missionnaires devaient lutter, je me bornerai à citer un décret donné au siècle dernier par le fameux Regyb-Pacha (ce grand visir vendu aux Grecs, dont j'ai parlé). Cet iradé obligeait tous les catholiques, dont la famille n'était pas convertie depuis au moins deux cents ans, à retourner au schisme sous peine d'être expropriés de tous leurs biens, jetés en prison, etc.

Un autre obstacle aux vocations vient du genre de civilisation des peuples d'Orient, mêlés depuis douze cents ans aux peuples de l'Islam. Ce n'est, en effet, que dans ce siècle, et même dans ces dernières années, que le célibat ecclésiastique a commencé à s'introduire en Orient et à devenir l'état de la plupart des prêtres arméniens, syriens et maronites.

Il faut, Messieurs, pour être apte à la vie austère du Missionnaire, avoir sucé avec le lait maternel les principes de zèle et d'abnégation qu'on ne rencontre guère que sous l'inspiration de la foi chrétienne telle qu'elle est comprise par les peuples d'Occident.

J'aime à constater toutefois que ces difficultés tendent à disparaître et sont singulièrement atténuées ; pourtant je dois ajouter qu'il y a toujours eu à cette règle de nombreuses et éclatantes exceptions. Parmi ces dernières, je citerai un nom : celui de notre frère Joseph-Marie de Jérusalem, qui fut, au XVIIe siècle, Nonce et Légat de Clément XI.

Jérusalem en reviennent avec des notions très-incomplètes et souvent très-inexactes des hommes et des choses, qu'ils n'hésitent pourtant pas à livrer au public. Chaque année voit se publier deux ou trois récits de voyage en Terre-Sainte, et c'est une de ces élucubrations rapides et superficielles qui accusait les Franciscains de Terre-Sainte de ne pas faire un assez long séjour en Terre-Sainte : or, la vérité est que plus de la moitié des 350 Religieux, appartenant actuellement à la Custodie, est là depuis quinze ans ; une bonne partie y est depuis 20, 30 ou même 40 ans, et quelques-uns y ont passé plus de temps encore.

De même, de nos jours, lorsque le Patriarcat fut rétabli à Jérusalem, les premiers prêtres séculiers qui furent avec Mgr Valerga, avaient, dans leur enfance, non seulement mangé le pain de nos couvents, mais appris chez nous les éléments de la langue latine avant d'être envoyés par nous au Collège de la Propagande terminer leurs études et recevoir les ordres sacrés. Enfin, depuis quinze ans, pour favoriser davantage parmi les indigènes les vocations religieuses, nous avons attaché à notre couvent de Saint-Jean (1) un Collège apostolique, où les enfants qui, pour l'amour de Dieu, aspirent à se consacrer, sous la bure franciscaine, au service du prochain, reçoivent l'instruction nécessaire aux ministres du Dieu vivant. Lorsque le temps est venu, ils sont envoyés à Nazareth pour y subir les épreuves du noviciat. Ils font ensuite à Bethléem leur cours de philosophie et à Jérusalem celui de théologie. Il est évident toutefois que nos Missionnaires appartiennent en grande partie aux nations occidentales, et il en sera longtemps ainsi.

Auprès de nous on a fait à grands frais des tentatives pour augmenter la proportion du clergé latin indigène (2). Je ne sais si les résultats ont correspondu aux moyens et aux désirs ; mais il me semble que l'on réserve maintenant, dans ces Séminaires dont je parle, une part assez belle aux jeunes gens nés de familles européennes. Et c'est d'ailleurs avec autant de justice que de prudence que les choses se passent de la sorte.

Telle est donc la composition du personnel de notre Mission, auquel les Espagnols, les Italiens, les Allemands, les Français, fournissent tous leur contingent.

Je dois encore faire remarquer que nos stations de Missions sont beaucoup plus nombreuses que les sanctuaires desservis par nous, et la Custodie de Terre-Sainte comprend quarante maisons habitées

---

(1) Cette œuvre nous a donné d'excellents résultats, et quelques-uns de nos Missionnaires actuels, ont fait leurs humanités à Saint-Jean avant d'embrasser la vie franciscaine ; quelques autres avaient été, en des temps meilleurs, envoyés en Europe pour s'initier à la vie religieuse, et faire leurs études théologiques.

(2) Il y a trente ans que Mgr Valerga a tourné tous ses efforts pour recruter des prêtres indigènes ; il a fondé à cet effet un grand et petit Séminaire. Le clergé du patriarcat se compose de 37 prêtres dont la moitié viennent de France ou d'Italie : plusieurs des séminaristes sont aussi européens.

par plus de trois cents Religieux, dont deux cents sont prêtres ou clercs. Sur ce nombre, il y a environ cent Missionnaires. Quant aux résultats obtenus par nos Missionnaires, les voici rappelés en peu de mots :

1° Tous les latins *indigènes* qui se trouvent actuellement à Bethléem, à Jérusalem, à Saint-Jean d'Acre, à Nazareth, à Saint-Jean-in-Montana, à Jaffa, à Ramleh et dans les trente autres localités de Syrie, de Chypre, de Palestine ou d'Égypte, où nous sommes chargés de la paroisse, ont été convertis par nos Pères, eux ou leurs ancêtres.

Il est à désirer que l'on ne perde pas de vue que ce sont ces conversions, faites en des temps bien difficiles, qui ont rendu possible le rétablissement du patriarcat latin de Jérusalem en 1847, en faveur duquel nous prélevons la somme de 37,000 francs sur les aumônes que nous envoie d'Europe la charité catholique.

2° La conversion de nombreux schismatiques qui sont restés dans le rit parallèle à celui dont ils faisaient partie avant leur retour au catholicisme.

On aurait, en effet, une bien faible idée du résultat obtenu par les travaux apostoliques des Franciscains, si l'on ne comptait que les 6000 âmes du patriarcat de Jérusalem réparties, en une douzaine de paroisses et dont, *ab antiquo,* nous avons la charge comme curés, lors même que l'on y ajouterait avec les 5000 âmes de nos paroisses de Syrie et d'Arménie, les 1000 indigènes qui font partie de nos paroisses latines d'Égypte. — Dans ces dernières, dont nous sommes également curés, le nombre des fidèles s'élève au chiffre de 60,000 âmes en comprenant les Européens du Caire, d'Alexandrie, de Port-Saïd, d'Ismaïlia, etc.

Je dois donc rappeler la conversion, au milieu du siècle dernier, de 221 Grecs schismatiques de Nazareth, depuis le début fidèlement unis au Saint-Siège dans l'unité de foi.

A Adana, 7000 Arméniens schismatiques, avec leurs prêtres, et, si je ne me trompe, leur évêque, abjurèrent le schisme par les soins de nos Missionnaires, il y a environ trente ans ; et ils ont persévéré jusqu'à ce jour, tout en conservant le rit arménien.

Il y a vingt ans à peine que nos Pères ont converti, à Marach, puis à Sis, à Zeytoun, à Yeni-Kaleh, près de 6000 Arméniens schismatiques. Après avoir reçu leur abjuration, le premier soin de nos Missionnaires fut de demander au Patriarche arménien catholique un évêque de ce rite et Sa Béatitude envoya Mgr Apelyan, mort il y a trois ans, et remplacé par Mgr Michelyan.

A Adana, notre ministère rempli, nous nous sommes retirés ; il n'en a pas été de même à Marach, à Zeytoun etc., le Saint-Siège a voulu que nous nous y établissions, que, pour des motifs très-sérieux, plusieurs des nouveaux convertis passassent an rite latin, et que nous soyons les curés de ces nouvelles paroisses.

Depuis près d'un an, nous nous sommes établis à Keriet-el-Kényat, près d'Antioche, où déjà nos Pères ont eu le bonheur de recevoir de nombrenses abjurations.

En dehors de ces conversions par groupes, par familles entières, nos Missionnaires opèrent aussi des conversions isolées en nombre relativement considérable. Mais avant de vous en donner le chiffre exact, extrait de nos archives à Jérusalem, je crois opportun de vous rappeler ici, Messieurs, les difficultés qui s'opposent à la conversion des musulmans et des juifs qui, cela n'est pas une exagération, risquent leur vie en se convertissant. D'ordinaire, ils doivent avant ou après leur baptême aller dans une autre province, quitter tout : leurs parents et leurs amis ; aussi les obstacles sont-ils presque insurmontables sans un courage héroïque de la part de nos néophytes, et, j'ajouterai, sans des circonstances exception-nelles. — Je suis sûr que tel est l'avis des RR. PP. Missionnaires Dominicains, Carmes, Capucins, Jésuites et Lazaristes, qui à Bagdad, à Mossoul, en Mésopotamie ou en Syrie se trouvent dans un milieu identique au nôtre.

Si donc les conversions parmi les infidèles ne sont pas plus nom-breuses, c'est surtout aux lois oppressives de l'islam qu'on doit en faire remonter la cause : ces lois ont été abrogées, mais dans le fait on les exécute encore. Et si les tribunaux ne les font pas observer, le fanatisme brutal des amis et surtout des parents saura, au besoin, y suppléer par l'assassinat des néophytes.

Malgré tant d'obstacles, les conversions, surtout parmi les schis-matiques, sont fréquentes, plus fréquentes peut-être dans notre Mission de Terre-Sainte que dans les autres du Levant.

Voici maintenant un peu de statistique : de 1851 à 1861, les Mis-sionnaires de Terre-Sainte ont reçu l'abjuration de 16 Nestoriens ou Jacobites, de 28 Arméniens, de 76 Cophtes, de 146 Grecs schis-matiques. Dans le même laps de temps, 54 protestants furent ramenés à la foi catholique, 4 Juifs, 110 infidèles furent convertis et baptisés, ce qui fait un total de 114 baptêmes d'adultes et 330 abjurations.

Durant les années suivantes, le chiffre de ces conversions isolées s'est maintenu, et même s'est augmenté, au point que de 1850 à 1877, les Missionnaires de Terre-Sainte ont eu le bonheur de con-vertir et de baptiser 875 juifs ou infidèles, ainsi que de ramener au giron de l'Église catholique 1,459 hérétiques ou schismatiques appartenant aux diverses communions orientales ; de sorte que si nous additionnons ce dernier nombre avec celui des conversions par groupes opérées parmi les Arméniens d'Adana, de Marach ét des environs, nous arrivons à ce chiffre magnifique de plus de 15,000 abjurations, obtenues dans l'espace de trente années (1847-1877) par le zèle de nos Pères de Terre-Sainte.

Ce n'est pas à moi qu'il convient de louer le zèle des Religieux de la Custodie de la Terre-Sainte ; mais vous me permettrez bien de rappeler que l'Église a choisi parmi eux, dans ces dernières années, pour les élever à l'épiscopat, Mgr Guasco, Mgr Villardel, Mgr Milani, nommé Délégué apostolique de Syrie, et actuellement Archevêque-Évêque de Pontremoli en Toscane, Mgr Piavi, actuellement Vicaire et Délégué apostolique en Syrie, et Mgr Marsili, actuellement Évêque de Zappa en Albanie.

Les Missionnaires ne s'occupent pas uniquement à convertir les infidèles ou les hérétiques, leur œuvre ne serait ni complète ni durable : il leur incombe aussi de veiller sur les chrétientés déjà formées, et voilà pourquoi nous avons, partout où se trouve un petit noyau de catholiques, un ou deux Pères sachant l'arabe, et dont l'un a le titre de curé. J'ai dit, sachant l'arabe, parce que c'est la langue la plus usitée ; mais il est bien évident que là où une autre langue est nécessaire, nous avons des Religieux capables de prêcher et de confesser dans l'idiome réclamé par la localité.

Notre paroisse d'Alexandrie d'Égypte en est un exemple. La population de cette ville est cosmopolite ; aussi avons-nous là un curé arabe, un curé italien, un curé allemand, un curé grec, un curé maltais et un curé français, qui, à des heures différentes, prêchent chaque jour de dimanche et de fête dans la langue de leurs paroissiens respectifs.

Nos paroissiens, particulièrement ceux de Judée, se trouvent presque tous dans la plus profonde misère, et c'est à nous qu'ils s'adressent dans tous leurs besoins.

Ainsi, à Jérusalem, presque tous les catholiques sont logés aux frais de la Mission (1). Dans ces pays où l'industrie est nulle, la misère prend

---

(1) Les dépenses de notre Mission pour les secours accordés en vivres, en vêtements, ou pour les loyers et réparations des maisons dans lesquelles sont gratuitement logés presque tous les catholiques de Jérusalem, se sont élevées, en 1857, à plus de 57,000 francs : depuis lors, ces frais se sont augmentés en proportion de la population catholique. Nous avons voulu restreindre le nombre de ces logements gratuits, et les

des développements qui dépassent peut-être les plus cruels effets du
paupérisme d'Occident. Cela provient de causes multiples et diverses :
des difficultés du commerce, du peu de sécurité que les campagnes
offrent aux cultivateurs ; mais cet état de choses pourrait tenir aussi
à l'incurie des Levantins, à leur apathie, à leur amour du *Keyf*, ce
farniente oriental, auquel ils aiment tant à se laisser aller. La
misère est profonde, et, je crois, irrémédiable dans certains endroits,
à Jérusalem, par exemple. Le seul couvent de Saint-Sauveur à
Jérusalem doit distribuer annuellement pour plus de 30,000 francs
de pain. Nous faisons ce que nous pouvons pour soulager ces
pauvres gens et surtout pour leur remonter le moral, pour leur
faire comprendre la dignité de l'artisan chrétien ; mais, je dois
le confesser, le résultat obtenu jusqu'à ce jour n'est pas en raison
de nos efforts constants.

Non seulement les Franciscains paient pour leurs paroissiens les
contributions extraordinaires, telles que celles prélevées par la
Porte lors de la dernière guerre ; mais c'est encore à la Custodie
de Terre-Sainte qu'incombe la charge de payer annuellement, au
gouvernement turc, l'impôt ordinaire dû par ces pauvres catholiques ; c'est sur la caisse de notre Mission qu'est payée la capitation
due par les latins de Jérusalem, d'Alep, etc.,et qui, pour les chrétiens,
remplace, en Turquie, l'impôt du sang qu'on ne leur demande pas.

Partout, à côté de la paroisse des Pères de Terre-Sainte, il y a une
école pour les garçons, et presque partout, il y en a une autre pour

---

retirer à certaines familles jadis pauvres, et assez à leur aise aujourd'hui,
ayant pu même se bâtir des maisons qu'elles afferment ; mais Mgr Valerga
s'y opposa et obtint de la Sacrée Congrégation un ordre nous obligeant
à continuer de fournir, comme par le passé, le logement gratuit à ces
familles qui paraissent assez riches pour n'avoir point besoin de semblable
secours. C'est ainsi que nous devons consacrer à ces logements certaines
sommes que nous pourrions employer à d'autres œuvres tout aussi utiles.

Si nous parlons ici de ces détails, c'est pour répondre à des objections
que ne manquent pas de faire certains voyageurs, certains écrivains, plus
portés peut-être à critiquer ce qu'ils voient, qu'à se rendre un compte
exact des motifs ou des causes des faits qu'ils n'approuvent pas. Nous
disons donc ici, à leur adresse, que loin de dépenser, suivant leur caprice,
les aumônes que leur confie la chrétienté, les Pères de Terre-Sainte ne
les emploient que d'après l'avis de la Sacrée Congrégation de la Propagande, qui, chaque année, contrôle les recettes et les dépenses de la
Custodie. Nous pensons qu'il est difficile de désirer une plus haute
garantie que celle présentée par le *visa* de la Cour romaine.

les filles, tenue, aux frais de notre Mission, par des Religieuses ou par des maîtresses indigènes qui leur enseignent à lire, à écrire, leur apprennent les éléments de la grammaire, de l'histoire, de la géographie, du calcul, et surtout les petits travaux de la femme de ménage.

On a publié l'année dernière, dans un journal de Paris (*La Terre-Sainte*), un tableau détaillé de nos écoles en 1877 (1). Nos écoles primaires gratuites de garçons étaient alors (1ᵉʳ février 1877) au nombre de 24; elles employaient 56 instituteurs dont 25 Religieux. Dans une de ces écoles, on enseigne la turc et l'arménien, dans trois le grec, dans dix le français, dans 17 l'italien, et dans 21 l'arabe. Dans toutes, avec le catéchisme, l'histoire sainte, la géographie et l'arithmétique. Les écoles gratuites de filles, complètement à notre charge, sont au nombre de 12, en y comprenant celles que tiennent, dans diverses localités d'Égypte, les Religieuses franciscaines.

Comme c'est par la femme surtout qu'un pays peut se régénérer, nos Péres ont fait venir, aussitôt que la chose a été possible, des Religieuses françaises. Les premières Sœurs établies en Orient ont été les Sœurs de Saint-Joseph de Marseille. Nos Pères les ont appelées à Jérusalem et à Jaffa où ils leur ont procuré le logement; depuis nous prélevons, chaque année, sur les aumônes que nous recevons de l'Occident, 4000 francs, comme traitement des Religieuses qui font la classe en ces deux villes.

Messieurs, non seulement l'instruction est complètement gratuite dans les 38 écoles dont nous avons la charge, mais c'est nous qui payons le traitement de 37 maîtres d'écoles laïques (20,280 fr.) et celui des 26 institutrices, Religieuses ou laïques (8200 fr.) Nous donnons gratuitement aussi les livres et les autres fournitures de classe, et de ce chef nos dépenses se sont élevées, en 1877, à 6,542 fr. pour les garçons, et 918 fr. pour les filles; il nous faut même, vous savez qu'ils sont pauvres, leur donner, au moins aux catholiques, du pain, souvent le dîner et quelques vêtements. Or, comme nos écoles ont 2,566 élèves, vous comprendrez sans peine que les frais de ces secours en nature et quelquefois en espèces accordés à nos élèves, aient dépassé 20,000 francs dont la moitié pour les enfants de Jérusalem.

---

(1) C'était un appel à la charité française en faveur de ces écoles nombreuses, fort coûteuses, mais très-utiles! Malheureusement cet appel n'a pas été entendu ; nous devons même ajouter que nous n'avons pas reçu un centime pour nous aider dans ces dépenses qui s'élevaient en cette année à 75.000 francs.

Nous avons aussi dans la ville d'Alep un collège florissant à côté de notre école primaire gratuite. Les élèves du collège sont déjà au nombre de cent : les cours y sont assez forts, l'enseignement est surtout disposé de façon à faciliter aux jeunes gens la carrière qu'ils embrassent presque tous, le commerce. L'enseignement du français, de l'italien, de l'arabe et du turc est obligatoire. Le prix de la pension est fort modique et il y a toujours un certain nombre d'internes gratuits, dont quelques-uns sont pris dans la colonie française.

Depuis le mois d'octobre dernier, nous ne faisons plus la classe aux enfants catholiques de Jérusalem. Ils sont maintenant confiés aux Frère des Écoles chrétiennes, que nos Supérieurs de Terre-Sainte ont aidés de tout leur pouvoir, soit en insistant auprès de la Sacrée Congrégation de la Propagande pour qu'elle autorisât leur venue en cette ville, soit en accordant l'hospitalité aux Frères durant les deux ans qu'a duré la construction de leur établissement, soit enfin en leur promettant de continuer à leurs élèves les secours que nous accordions jusqu'ici à ces pauvres enfants. Puisque je parle des Frères des Écoles chrétiennes, permettez-moi de dire ici, à propos de leur grand pensionnat d'Alexandrie d'Égypte, comment ils s'y sont établis. Ce sont nos Pères qui d'abord ont accueilli ces chers Frères dans notre couvent, et comme le local n'était pas suffisant pour les deux communautés, nos Supérieurs ont fait bâtir un splendide édifice et l'ont confié aux disciples du Vénérable de la Salle, qui font là le bien qu'ils font partout, enseignent aux enfants les connaissances qui les rendront, sinon très-savants, du moins citoyens utiles à leur pays et leur inspirent le sentiment de ces vertus qui caractérisent les bons chrétiens.

J'aurais encore à vous parler, Messieurs, de notre petite école professionnelle de Saint-Sauveur à Jérusalem. L'année dernière, nos jeunes apprentis se répartissaient ainsi d'après le métier qu'ils apprennent : 3 minotiers et boulangers, 3 cordonniers, 3 tailleurs, 5 forgerons ou serruriers, 19 menuisiers et ébénistes. Nous avons aussi une petite imprimerie (1) qui occupe 8 jeunes compositeurs

---

(1) Fondée vers 1830, notre imprimerie a publié successivement des traités de controverse, de théologie dogmatique et morale, un nombre considérable d'ouvrages de piété et une plus grande quantité de livres classiques, des grammaires italiennes, arabes, turques, etc., des dictionnaires arabes, des catéchismes en français, en italien, en arabe, en turc, etc., etc. Les neuf dixièmes de ces volumes sont distribués gratuitement, de sorte que cette imprimerie serait pour nous une bien lourde charge, si nous

et 2 fondeurs de caractères ; à côté de l'imprimerie se trouve l'atelier de brochage et de reliure, auquel sont attachés 6 ou 7 apprentis.

Nous avons remplacé les Chevaliers dans la garde des sanctuaires. Or les preux du moyen âge faisaient une profession particulière d'aider la veuve et de protéger l'orphelin. Nous ne pouvions, Messieurs, faillir à ce côté de notre devoir. Toutefois, nous n'avions pas, jusqu'à ces dernières années, fondé d'orphelinat. Autrefois la fondation d'un orphelinat n'eût pas été possible, et même nous n'étions pas, je l'avoue, sans quelque préjugé à l'endroit de la fondation d'orphelinats en Orient, et il semble que S. G. Mgr Bracco pense comme nous, dans une lettre publiée dans le *Bulletin de l'Œuvre de Saint-Louis*. Nous avons toujours de 250 à 300 orphelins à la charge de la Mission. Nos paroisses ne sont pas étendues : tous les catholiques sont autour, non du clocher puisqu'il n'y en a pas, mais de l'église ; aussi le curé peut-il facilement surveiller ses néophytes, ses pupilles et tous ses paroissiens. Lors donc qu'un enfant est orphelin, le Père Curé le met en pension dans une famille respectable qui le traite comme l'un des siens, moyennant une modique rétribution. Telle est la marche que nous avons suivie jusqu'à ce jour en Orient : elle frappe moins les yeux, puisque les orphelins ne sont pas agglomérés, mais le résultat honnête et sérieux peut être apprécié par tout le monde. Il a été dit, on a même écrit qu'en Orient les enfants étaient laissés à l'abandon ; j'oppose à ces affirmations sans preuves le plus énergique démenti.

Du reste la Palestine n'est pas déshéritée de ce côté, car il y a à Jérusalem l'Internat gratuit du P. Ratisbonne (1), et à Bethléem l'Orphelinat de Don Belloni où nous placions, moyennant la modique rétribution de 300 francs par an, pour chacun, certains enfants qu'il nous eût été moins facile de bien élever ailleurs. Enfin, nos Pères ont ouvert depuis quelque temps un autre orphelinat à Jérusalem même et nous espérons que des soins assidus sauront retirer le plus grand bien de cette œuvre naissante.

Persuadés que le soin des malades est encore un moyen de faire du bien aux âmes, les Franciscains ont à Jérusalem un de leurs Frères médecin, donnant gratuitement ses soins aux malades des

---

n'avions la consolation de juger par nous-même du bien que nous opérons dans les âmes par la diffusion de bons livres.

(1) Nous apprenons en ce moment qu'il est complètement désorganisé ; mais nous sommes fondés à croire, vu le zèle du P. Ratisbonne et ses ressources, que cette maison sera bientôt reconstituée.

diverses religions qui ont recours à lui. Un médecin laïque est payé par la Mission pour faire les opérations chirurgicales et aussi pour aller voir les malades catholiques qui le réclameraient. Tous les remèdes sont délivrés gratis aux catholiques, aux schismatiques, même aux infidèles. A Jaffa, à Bethléem et à Nazareth, les Franciscains exercent le même ministère de charité.

Les Souverains-Pontifes, pénétrés de l'importance de notre Mission en Orient, ont voulu nous faciliter les moyens de la remplir : ils savent, de par nos comptes-rendus et par les Visiteurs Apostoliques qu'ils envoient de temps à autre, ils savent, dis-je, quels sont nos besoins ; aussi ont-ils ordonné, par plusieurs Bulles spéciales, à tous les évêques de faire faire chaque année dans les églises de leurs diocèses respectifs plusieurs quêtes, dont le produit doit être envoyé aux Commissaires de la Custodie de Terre-Sainte. En France, cet usage charitable, si conforme à la mission de notre pays, avait été interrompu jusqu'à ces derniers temps.

Les Franciscains, victimes comme les autres Religieux de la haine des révolutionnaires du dernier siècle, n'ont reparu en France qu'après 1850. Un de leurs premiers soins fut de rétablir l'œuvre de la Custodie de Terre-Sainte, et ils furent admirablement aidés par des personnages dont l'influence est d'autant plus grande, que leur talent et leur dévoûment à toutes les bonnes causes sont mieux connus et appréciés de tous les catholiques. Permettez-moi, Messieurs, de ne citer parmi eux que l'illustre historien de Jérusalem, M. Poujoulat, que sa connaissance de l'Orient et son zèle pour les Saints-Lieux ont fait nommer Président de notre neuvième commission. Le gouvernement impérial s'entendit avec le Saint-Siège, et M. Rouland, alors ministre, adressa une circulaire aux évêques pour les prévenir du rétablissement du Commissariat de Terre-Sainte à Paris et recommander à leur bienveillance la quête du Vendredi-Saint en faveur des Saints-Lieux.

Mgr le Nonce apostolique reçut alors, et a reçu tout récemment encore du Saint-Siège (1), des instructions en vertu desquelles Son Excellence est chargée de recommander la même œuvre à tous les évêques français. Aussi depuis lors, quelques prélats français ont bien voulu rétablir dans leurs diocèses l'ancien usage

---

(1) Nous savons même que le Saint-Siège a déclaré au gouvernement français qu'il ne permettrait aucune quête en France en faveur de l'Orient, sauf celle qu'il a de tout temps si fortement encouragée en faveur de la Custodie de Terre-Sainte.

d'attribuer la quête du Vendredi-Saint à nos œuvres. Mais, permettez-moi de le dire ici, Messieurs, si le résultat est peu digne de la France, il est aussi insuffisant pour nos charges. Il ne nous permet pas surtout de réaliser un vœu que nous nourrissons avec toute l'ardeur de notre foi chrétienne et de notre amour pour Jésus crucifié.

Nous possédons depuis longtemps déjà les deux extrémités de la Voie douloureuse. D'un côté la Grotte et le Jardin de Gethsémani et la chapelle de la Flagellation dans laquelle se font les deux premières stations du Chemin de la croix ; d'autre part la dixième, la onzième, la treizième et la quatorzième stations. Nous avons pu tout récemment acheter la huitième. Sans doute nous ne pourrons jamais à prix d'argent avoir des Cophtes la neuvième station, encore moins la douzième des Grecs ; mais nous pourrions, croyons-nous, acquérir la cinquième, la sixième et la septième (la troisième et la quatrième appartiennent aux Arméniens catholiques), au moyen de sacrifices trop au-dessus des ressources de la Custodie, mais non incompatibles avec l'inépuisable charité française.

Vous penserez, Messieurs, à ces œuvres multiples plus importantes qu'elles ne sont nombreuses, qui sont confiées au zèle des Pères de Terre-Sainte : la garde et l'entretien de tous les sanctuaires fondés par des catholiques, le soin de plus de trente paroisses qui entraînent celui des pauvres et des orphelins et souvent celui des convertis. La charge de quarante écoles et de deux orphelinats, la distribution gratuite et continuelle de livres, de médicaments avec la visite des malades par nos médecins, tel est le résumé des œuvres de la Custodie sur lesquelles j'ai voulu appeler votre bienveillante attention.

Je désirerais donc, Messieurs, que le membre de la Commission spéciale chargé dans chaque Comité catholique des intérêts de l'Orient, d'après le vœu de la troisième Commission des années précédentes, fût invité à penser aussi à ceux de notre Custodie, qui est digne, je crois l'avoir établi, de toutes les sympathies des catholiques et des Français. Car à cause de la protection dont nous couvre devant les autorités musulmanes le gouvernement français, à cause de son drapeau qui nous protège, les œuvres franciscaines en Orient sont comme celles des Croisés, les actions de Dieu accomplies par les Français : *Gesta Dei per Francos !*

Paris. — Imp. de l'Œuvre de Saint-Paul, Soussens et Cie, 51, rue de Lille.

www.ingramcontent.com/pod-product-compliance
Ingram Content Group UK Ltd.
Pitfield, Milton Keynes, MK11 3LW, UK
UKHW020951120726
13693UKWH00004B/1654